COLLECTION FOLIO

Emmanuel Bove

# Bécon-les-Bruyères

*suivi de*

Le retour de l'enfant

Gallimard

© *Éditions Gallimard, 2017, pour la présente édition.*

Emmanuel Bobovnikoff, dit Bove, naît le 20 avril 1898 à Paris. Après une enfance et une adolescence scandées de déménagements – en Suisse, en Angleterre, dans le sud de la France... –, il s'installe au début des années 1920 avec sa femme, Suzanne Vallois, près de Vienne et compose ses premiers textes. De retour à Paris, où il se lance également dans le journalisme, il est bientôt lu par les écrivains qui lui sont contemporains – Colette, qui fait publier son roman phare, *Mes amis*, en 1924, Soupault, Rilke ou encore Beckett – et est porté aux nues par la critique de son temps. Suivent de nombreuses publications, dont *Armand, Bécon-les-Bruyères, Un soir chez Blutel, La coalition, Cœurs et visages, La mort de Dinah* ainsi que, en 1935, *Le pressentiment*. Rapidement démobilisé pendant la guerre, il fuit la capitale et refuse que ses ouvrages soient publiés durant l'Occupation. En 1942, avec le projet – qui n'aboutira finalement pas – de rejoindre la capitale anglaise, il part pour Alger accompagné de sa seconde femme. Il y écrit ses ultimes œuvres : *Le piège, Non-lieu* et *Départ dans la nuit*. Il regagne Paris en 1944 atteint d'une pleurésie et s'y éteint l'année suivante, le 13 juillet 1945, âgé de quarante-sept ans.

*Lisez ou relisez les livres d'Emmanuel Bove parus aux Éditions Gallimard :*

LE PIÈGE (L'Imaginaire n° 267)

DÉPART DANS LA NUIT *suivi de* NON-LIEU (L'Imaginaire n° 284)

*Bécon-les-Bruyères*

1

Le billet de chemin de fer que l'on prend pour aller à Bécon-les-Bruyères est semblable à celui que l'on prend pour se rendre dans n'importe quelle ville. Il est de ce format adopté une fois pour toutes en France. Le retour est marqué de ce même « R » rouge que celui de Marseille. Les mêmes recommandations sont au verso. Il fait songer aux gouverneurs qui ont la puissance de donner à un papier la valeur qu'ils désirent, simplement en faisant imprimer un chiffre, et, par enchaînement, aux formalités administratives qui ne diffèrent pas quand il s'agit de percevoir un franc ou un million. Il n'est que le ticket de papier ordinaire, d'un format inhabituel, que remet le contrôleur au voyageur sans billet après l'avoir validé d'une signature aussi inutile que celle d'un prospectus, qui paraisse assorti au voyage de Bécon-les-Bruyères.

De même qu'il n'existe plus de bons enfants rue des Bons-Enfants, ni de lilas à la Closerie, ni de calvaire place du Calvaire, de même il ne fleurit plus de bruyères à Bécon-les-Bruyères. Ceux qui ne sont pas morts, des personnages officiels qui, en 1891, inaugurèrent la gare et des premiers joueurs de football dont les culottes courtes tombaient jusqu'aux genoux, se rappellent peut-être les terrains incultes où elles poussaient, les quelques cheminées d'usines perdues au milieu d'espaces libres, et les baraques de planches qui n'avaient pas encore les inclinaisons découvertes pendant la guerre. En retournant aujourd'hui en ces lieux, ils chercheraient vainement les drapeaux et les lampions, ou le vestiaire et les buts de leurs souvenirs. Bien qu'ils fussent alors adultes, les rues semblaient plus petites. Bécon-les-Bruyères a grandi sans eux. La ville a eu du mal, comme le boute-en-train assagi, à se faire prendre au sérieux. Les témoins de son passé la gênent. Aussi les accueille-t-elle avec froideur, dans une gare semblable aux autres gares. Au hasard d'une promenade ils retrouveraient pourtant quelques bruyères, désormais aussi peu nombreuses pour donner un nom à une cité que le bouquet de lilas d'une étrangère à une closerie. Des maisons de quatre à huit étages recouvrent les champs où elles fleurirent. Comme construites sur des jardins, sur des emplacements historiques, sur des terrains qui, au moment où l'on creusa les fondations, révélèrent des pièces de monnaie, des ossements et des statuettes, elles portent sur leur façade cette expression des hommes qui ont fait souffrir d'autres hommes et dont la situation repose sur le renoncement de leurs amis. Leur immobilité est plus grande. Les habitants aux fenêtres, la fumée s'échappant des cheminées, les rideaux volant au-dehors ne les animent point. Elles pèsent de tout leur poids sur les bruyères comme les monuments funéraires sur la chair sans défense des morts. Et si, pour une raison d'alignement, l'un de ces immeubles était démoli et que de nouvelles bruyères poussassent à cet endroit, il semblerait à l'étranger que ce fussent elles, et non celles qui ne sont plus, qui incitèrent les Béconnais, au temps où la poste et les papiers à en-tête n'existaient pas, à embellir leur village d'un nom de fleur, cela dans le seul but de plaire puisque l'autre Bécon de France est trop loin pour être confondu avec celui-ci. Il semblerait aussi à cet étranger que les bruyères naissent ici comme le houblon dans le Nord ou les oliviers sur les côtes de la Méditerranée, que c'est la densité du sol qui ait déterminé cette application et non, ce qui est plus aimable, le hasard d'une floraison.

Bécon-les-Bruyères existe à peine. La gare qui porte pourtant son nom printanier prévient le voyageur, dès le quai, qu'en sortant à droite il se trouvera côté Asnières, à gauche côté Courbevoie. Il est donc nécessaire, avant de parler de cette ville, de tirer à soi tout ce qui lui appartient, ainsi que ces personnes qui rassemblent les objets qui leur appartiennent avant de les compter. L'enchevêtrement des communes de banlieue empêche d'avoir cette manie. Aucun accident de terrain, aucune de ces rivières qui suivent le bord des départements ne les sépare. Il y a tant de maisons que l'on pense être dans un vallon alors que l'on se trouve sur une colline. Des rues simplement plus droites et plus larges que les autres servent de frontières. On passe d'une commune à l'autre sans s'en rendre compte. On a déjà atteint Suresnes alors que l'on croyait se promener dans Bécon côté Courbevoie.

En écrivant, je ne peux m'empêcher de songer à ce village encore plus irréel que Bécon, dont le nom teinté de vulgarité est frère de celui-ci, à ce village qui a été le sujet de tant de plaisanteries si peu drôles qu'il est un peu désagréable de le citer, à Fouilly-les-Oies. Pendant vingt ans, il n'est pas un des conscrits des cinq plus grandes villes de France qui n'ait prononcé ce nom. Ainsi que les mots rapportés de la guerre, il a été répété par les femmes et les parents. Mais il n'évoque déjà plus le fouillis et les oies d'un hameau perdu. Le même oubli est tombé sur lui, qui n'existe pas que sur Bécon. Car Bécon-les-Bruyères, comme Montélimar et Carpentras ont failli le faire, a connu la célébrité d'un mot d'esprit. Il fut un temps où les collégiens, les commis voyageurs, les gendarmes, les étrangers comparaient tous les villages incommodes et malpropres à Bécon. C'était le temps où les grandes personnes savaient, elles aussi, combien de millions d'habitants avaient les capitales et la Russie ; le temps paisible où les statistiques allaient en montant, où l'on s'intéressait à la façon dont chaque peuple exécutait ses condamnés à mort, où la géographie avait pris une importance telle que, dans les atlas, chaque pays avait une carte différente pour ses villes, pour ses cours d'eau, pour ses montagnes, pour ses produits, pour ses races, pour ses départements, où seul l'almanach suisse Pestalozzi citait avec exactitude la progression des exportations, le chiffre de la population de son pays fier de l'altitude de ses montagnes et confiant à la pensée qu'elles seraient toujours les plus hautes d'Europe. Les enfants s'imaginaient qu'un jour les campagnes n'existeraient plus à cause de l'extension des villes. Le cent à l'heure, les usines modèles qui ne cessaient pas de travailler au moment où les excursionnistes les visitaient, les transatlantiques en miniature des agences maritimes, imités parfaitement mais dont les lits des cabines n'avaient point de draps, les premières poupées mécaniques dont les mêmes gestes, aux devantures des pharmacies, recommençaient si vite que l'on restait avec l'espoir d'une autre fin, les aéroplanes à élastique dont les roues ne servaient pas à l'atterrissage étaient dans les esprits. Il y avait même des comètes dans le ciel. Les derniers perfectionnements apportés aux télescopes étaient expliqués dans les magazines. La ligne la plus rapide du monde était Paris-Boulogne. Des revues scientifiques paraissaient tous les mois. Des aigles attaquaient les avions, des requins les scaphandriers. La maquette du tunnel sous la Manche était prête. C'était l'Angleterre qui s'opposait à la construction de celui-ci.

Bécon-les-Bruyères naquit alors. Il fallait à la possibilité proche du tour du monde en quatre-vingts jours, aux horizons larges, aux cités tentaculaires un contre-poids. On s'habituait à dire : « Il a beaucoup voyagé : il vient de

Bécon-les-Bruyères. C'est un Parisien de Bécon-les-Bruyères. » Cela devenait une rengaine semblable à : « Et ta sœur ? » mais sans ces réponses toutes prêtes qui donnaient successivement le beau rôle à l'un et l'autre des interlocuteurs, car c'est à prononcer la dernière que tendent de nombreuses gens.

Comme devant une personne dont on vous a dit qu'elle est drôle, et avec laquelle on demeure subitement seul à parler sérieusement après que l'ami qui vous l'a présentée est parti, on est saisi, en arrivant à Bécon-les-Bruyères, de ce sentiment qui veut que, du moment que les choses existent, elles cessent d'être amusantes.
Bécon-les-Bruyères tant de fois prononcé, tant de fois sujet de plaisanteries apparaît tout d'un coup aussi grave que Belfort. Les panneaux de la gare, les bandes de papier collées sur les verres des lanternes, les enseignes des magasins, où figure le nom de la ville, ne provoquent aucun sourire. Les cheminots, les voyageurs et les ménagères ne les remarquent même pas. Ils ont oublié qu'ils habitent ce Bécon-les-Bruyères qui, avec les ans, a acquis l'état d'esprit du personnage porteur d'un nom ridicule et qui, toute sa vie, a entendu la même plaisanterie souvent poussée à une brutalité, au point que plusieurs fois il a

songé à demander dans quel ministère il faut se rendre pour faire supprimer légalement une ou deux syllabes de son nom. Bécon-les-Bruyères cesse d'appartenir à l'imagination. On n'a plus la force d'entraîner dans le ridicule tous ces gens qui ont des soucis et des joies, toutes ces maisons dont les portes et les fenêtres s'ouvrent comme ailleurs, tous ces commerçants qui obéissent à la loi de l'offre et de la demande. On se sent devenir faible et petit, comme ces groupes d'amis qui, après s'être rendus dans un endroit pour en rire, ne risquent aucune des plaisanteries qu'ils avaient projetées et ne retrouvent leur esprit que le lendemain quand, de nouveau, ils se réunissent.

En s'éloignant de la gare, comme aucune enseigne, aucun signe ne rappelle l'endroit où l'on se trouve, on marche en se répétant : « Je suis cependant à Bécon-les-Bruyères. » Tout est normal. Alors que l'on s'attendait à quelque chose, les immeubles ont des murs et des cheminées, les rues des trottoirs, les gens que l'on rencontre les mêmes vêtements que ceux de la ville que l'on quitte. Rien de différent ne retient l'attention.

Comme si l'on était arrivé par la route, il faudrait arrêter les passants qui portent un uniforme pour leur poser des questions, acheter des gâteaux secs pour lire sur le sac l'adresse de l'épicier. Il faudrait entrer dans les maisons et y lire, à tous les étages, les mêmes papiers, les mêmes factures pour se reconnaître.

2

Les mœurs de Bécon-les-Bruyères sont plus douces que celles de Paris. Il eût été incompréhensible qu'aucun intermédiaire n'existât entre la complaisance des campagnes et la rudesse des villes. Ce n'est pas la politesse provinciale. Les Béconnais, avec un sens des nuances qui paraît inexplicable, ont tous sur les lèvres l'injure parisienne toute prête ainsi que la phrase aimable des campagnes. Ils ne se font pas rétribuer ces petits services qui sont si difficiles à estimer. Les fournisseurs livrent à l'heure promise. Comme les grands magasins, ils font faire à leur voiture lourdement chargée de longs détours pour déposer à votre porte un paquet. Quand vous demandez où se trouve une rue, on ne vous y accompagne pas mais on vous suit des yeux jusqu'au premier tournant ; quand vous demandez du feu, on ne vous donne point d'allumettes, mais on ne vous quitte que lorsque votre pipe est bien allumée.

La population de Bécon-les-Bruyères ne ressemble pas à celle d'une ville isolée. Elle n'a ni préoccupations ni amour-propre locaux. Elle serait indifférente à la célébrité de l'un des siens, à moins qu'il ne fût le plus grand de tous. On a beau se promener dans tous les sens, on ne rencontre pas une statue. Il n'y a point de mairie, ni d'hôpital, ni de cimetière. Il semble que, comme dans une principauté, les habitants, chacun à leur tour, balaient les rues, assurent l'ordre et réparent les conduites d'eau. C'est durant toute l'année comme les jours de neige à la campagne, lorsque chacun dégage sa porte.

Pendant un mois, tous les dimanches, les boulangeries vendirent une quantité plus grande de flan. Ce fut le dessert favori des Béconnais jusqu'à ce que le cœur à la crème, puis les bananes vinssent le remplacer. On retrouve ainsi, à Bécon-les-Bruyères, avec quelques jours de retard, les manies passagères et secrètes des arrondissements de Paris que des statistiques, si on s'amusait à les faire, révéleraient.

Il est en effet amusant de parler aux vendeurs et d'apprendre par exemple qu'au mois de mai ils ont vendu plus de paires de gants qu'au mois d'octobre de l'année précédente, d'apprendre encore que le quartier des Ternes à consommé dans la première semaine de juillet plus de cerises que celui de l'École militaire.

\*

À des époques mystérieuses qui ne semblent répondre à aucune fête connue, quelques forains viennent s'installer devant la gare qu'ils devinent être le centre de la ville. C'est toujours une chose qui étonne que l'étranger sache découvrir le centre d'une ville. On dirait d'une réussite trop rapide et insolente. Les loteries, en dressant du premier coup leur baraque à l'endroit le plus animé, cela sans avoir marqué le pas sur une place déserte ni s'être fourvoyées dans quelque faubourg, défient le petit commerçant et font naître, dans la brume de son esprit, cette constatation qu'il fait souvent que l'honnêteté ne sert de rien. Ce n'est que le provisoire de leur stationnement, apparaissant à l'inobservation de cette loi du commerce qui exige que deux boutiques semblables ne voisinent point, qui le réconforte.

À peine arrivés, les forains se ravitaillent dans les plus grands magasins, parlent, comme le voyageur, à la personne détestée de la ville, demandent si l'eau est potable et passent indifféremment dans tous les camps. Les loteries sont côte à côte, entourées d'Arabes qui veulent gagner un kilo de sucre. On pense, en regardant les balançoires, à ce qui arriverait si l'une d'elles se décrochait. Devant la gare, deux manèges minuscules (poussés par leurs propriétaires, qui marchent sur le sol même de la place, à des endroits qui n'ont pas été faits à cette fin, une barre de cuivre par exemple, le flanc d'un cheval qu'aucun enfant n'a enfourché) exécutent à chaque voyage le même nombre de tours si exactement que le cheval jaune s'arrête toujours en face de la rue Nationale, et cela au son d'un piano mécanique à musique perforée.

La T.C.R.P., à ces moments de l'année, est obligée de déplacer le terminus de cette ligne d'autobus Place Contrescarpe-Gare de Bécon dont l'établissement a été si long à cause des heures d'affluence difficiles à situer, ce qui se fait sans peine puisqu'il n'y a, à ce terminus, ni guérite ni employés, et qu'il suffit d'accrocher à un autre bec de gaz une petite enseigne en celluloïd.

Mais quand il arrive que les foires de Bécon-les-Bruyères coïncident avec celles du Trône ou de Neuilly, les mêmes baraques pourtant viennent s'installer sur la place de la Gare. Séparées de leurs sœurs des grandes fêtes, elles ont cet air des compétitions de second plan et des employés nommés directeurs pour les vacances. On devine que ce serait manquer de délicatesse que de parler des foires concurrentes à ces forains qui, avant de s'approcher de vous, disparaissent derrière la toile de fond de leur baraque. Ils ont des raisons si profondes de faire bande à part que l'on n'oserait pas plus leur poser de questions qu'à l'inconnu qui se promènerait deux heures dans la même rue. Ce sont peut-être les esprits indépendants qui n'aiment point la foule, ou bien les ambitieux qui préfèrent jouer un rôle ici que de passer inaperçus là.

Souvent des musiciens ambulants viennent de Paris. Ce ne sont pas toujours les mêmes. Pourtant, comme si dans un journal corporatif tel endroit était désigné comme favorable aux concerts en plein air, ils s'installent toujours sur la gauche de la place. Celui qui n'arrive qu'avec sa voix est joyeux. Porteurs de mandolines et d'accordéons, les autres, qui ne peuvent, au cas où des agents interviendraient, se mêler à la foule, parlent peu. À l'arrivée de chaque train ils recommencent le même refrain, cependant que les Béconnais, qui ont mille excuses pour arriver en retard, le reprennent en sourdine.

De nombreuses corporations venues de Paris visitent ainsi la banlieue. On s'imaginerait que ce dût être le contraire, à cause des souvenirs de vacances où les paysans portaient au bourg le beurre et les œufs. Les petites voitures de mercerie ou d'articles de Paris, les placiers, les garçons de café envahissent chaque matin ce Bécon-les-Bruyères qui, comme les villes sur lignes maritimes, se plaint que le poisson mette si longtemps à lui parvenir.

Parfois, un taxi le traverse. Il fait songer à ceux que l'on a vus dans des cités plus lointaines et qui vous ont paru suspects. Comme ces derniers il transporte un voyageur étrange, assis sur le bord de la banquette, qui guette par les portières. Un parent mort ; un rendez-vous d'affaires ; cinq minutes de retard faisant manquer un héritage ; un attentat projeté ; une fuite après un vol. On ne sait. Le chauffeur est excusé de ne pas connaître le chemin le plus court. Sans provisions, sans couvertures supplémentaires, pactisant avec son client qui l'invite à boire à tous les carrefours, il parcourt des rues inconnues, se dirige vers une autre ville, en n'osant se retourner trop souvent pour regarder son client.

# 3

Il est des gens qui travaillent à Bécon-les-Bruyères et déjeunent à Paris. Tous ceux qui font le contraire songent à ces fameuses mutations de la guerre, à cet espoir irréalisable de changer sa situation avec celle d'un autre à qui elle conviendrait mieux, à la personne charitable qui vous sauverait si elle vous connaissait mais qui cesse d'exister dès qu'on lui parle, à tout ce qu'il y aurait de bonheur sans l'impossibilité de joindre ce qui devrait être joint. Ils songent aussi à la jeune femme qui aimerait un vieux monsieur, au vieux monsieur qui ne peut la rencontrer, aux entreprises où il manque justement un directeur, aux parties de cartes où il manque un joueur, aux villages qui leur plairaient, à l'homme qui serait leur ami.

La gare Saint-Lazare, que les Béconnais voient

à un bout de la ligne, est trop lourde pour Bécon-les-Bruyères qu'ils placent à l'autre extrémité et paraît, à cause de cela, tirer cette localité à soi, si bien que d'aller à Paris semble toujours plus court que d'aller à Bécon.

Les voyageurs de banlieue connaissent la gare Saint-Lazare dans tous ses recoins. Ils connaissent le bureau des réclamations, celui où l'on délivre les cartes d'abonnement, les unes avec photo, les autres plus communes, avec de simples coupons. Les premières donnent droit à autant de voyages que l'on désire dans le trimestre, ce qui a fait naître chez leur propriétaire le goût des cartes. Une carte qui ouvre devant soi toutes les portes, c'est une joie de la posséder. On finit même par ne plus la montrer, par s'exercer à passer avec hauteur devant les employés, certain que l'on est d'avoir le dernier mot, par s'imaginer que l'on n'a pas de carte, que ce n'est que son attitude qui intimide les contrôleurs, par en désirer d'autres, une pour les théâtres ou, ce qui est plus facile, pour tous les cinémas d'un même consortium, une pour les autobus et, si c'était possible, pour les taxis, les bureaux de tabac, les restaurants.

En descendant du train électrique, sous le hall de la gare Saint-Lazare, les Béconnais se sentent encore chez eux. Les kiosques où l'on vend des jouets, des cigarettes, des articles de Paris, des oranges, des cerceaux qui prennent peu de place parce qu'on les accroche au-dehors, les fleuristes qui vendent leurs bouquets surtout à midi moins le quart, avant que les invités à déjeuner prennent leur train, le buffet à deux issues, à la porte duquel la direction de la compagnie de l'Ouest-État n'a mis aucun employé, non par oubli, mais parce qu'elle aime à fermer les yeux, le repasseur à la minute dont les machines, comme celles des inventions nouvelles, sont visibles à travers des glaces, les portefaix dont quelques-uns sont fragiles, l'hôtel Terminus qui tourne le dos à la gare leur sont familiers. De retour chez eux, ils gardent de tout cela un certain goût. Une gare est plus proche du progrès que tout autre endroit. D'avoir assisté plusieurs fois aux embouteillages causés, place du Havre, par les manifestations communistes, d'être passé, les jours de grève, aux carrefours où se massaient les gardes républicains, d'avoir entendu crier le départ des trains par un haut-parleur, de vivre des journées dont les heures sont toutes de la même longueur fait naître, dans l'esprit des Béconnais, des ambitions. Ils ne veulent point de l'intimité de leur cité. Alors que les habitants de Commercy mangent tous des madeleines, ceux de Chamonix du miel, que les jeunes filles de

Valenciennes sont vêtues de dentelles, que les Bordelais ne boivent que du vin de Bordeaux, les Béconnais, eux, ne se servent point du savon Y… fabriqué dans leur ville. Seuls quelques vieillards, qui, lorsqu'ils vont à Paris, ne prennent que les trains vides de dix heures du matin, entretiennent des relations de petite ville. Le soir, ils jouent à la manille dans la brasserie de la rue Nationale sans se soucier des jeunes mariés qui, pour ne pas faire le café, sont descendus le boire après le dîner. Ils possèdent, sur les terrains qu'ils se refusent à vendre, de petites bicoques où ils rangent des outils et réparent leur mobilier. Ils sont à la fois retraités, ouvriers et paysans. Selon que les fleurs ou l'arbre fruitier de leur jardin poussent bien ou mal, ils savent si les récoltes de la France sont bonnes ou mauvaises.

*

Les horaires, avec leurs côtés Bécon-Saint-Lazare et Saint-Lazare-Bécon, sont collés sur les glaces de tous les magasins ou distribués comme prime, ainsi que des sachets parfumés. Dans la hâte de trouver son train, on ne sait jamais, avant quelques secondes de réflexion, s'il faut les lire au recto ou au verso. Ils sont si pleins d'heures qu'ils semblent inexacts comme si, vers la fin de la journée, les trains ne marcheraient plus que mêlés les uns aux autres ainsi que les tramways après un encombrement. Ils rappellent pourtant, aux instants de bonne humeur, d'autres horaires semblables, ceux des funiculaires, ceux des bateaux sur les lacs, ceux de la même excursion qui a lieu plusieurs fois par jour.

Chaque Béconnais possède un de ces horaires peu digne d'être mêlé aux papiers d'identité, dont il connaît par cœur le premier et le dernier train. Celui-ci part de Saint-Lazare à minuit quarante pour permettre aux voyageurs qui aiment à s'attarder ou à se restaurer après le théâtre de rentrer chez eux, cela à cause d'une sollicitude officielle de quelque directeur marié que l'on imagine habitant la banlieue, rentrant tard lui aussi, et donnant l'ordre de reculer l'heure du dernier train.

Ce genre de sollicitude amène à parler de toutes ces décisions prises en vue d'améliorer le sort du public et fait songer à ces chefs de service, à ces conseillers municipaux, à ces préfets qui, par des mesures heureuses, ne perfectionnent qu'un point de la vie quotidienne. On sent alors le contraste qui existe entre les petites améliorations et tout ce qu'il a fallu de démarches, de patience, de formalités pour les faire accepter. On sent que dans le public il se trouve justement des gens qui sont cause de ces retards. Serré dans le train électrique, on les cherche des yeux. Et parfois l'on devine à un regard posé sur soi, que l'on est soupçonné d'être un de ceux-là. Qu'il faille ainsi surmonter tant de difficultés pour modifier un détail quelconque contribue à donner aux Béconnais une idée de la grandeur du monde qui les poursuit jusque dans leur demeure, les hante parfois la nuit et laisse sur leur visage une expression plus rêveuse que celle d'un Parisien.

Ils ont, comme les soldats, conscience du nombre. Ils sentent que c'est parce qu'il y a trop d'hommes sur la terre que tout est difficile à arranger. De côtoyer journellement plusieurs milliers de personnes leur donne une connaissance telle des difficultés que surmontent les pouvoirs publics pour organiser les choses les plus simples qu'ils leur sont plus indulgents. Ils comprennent, mieux que l'habitant des villes ou des campagnes, la tâche de ceux qui ne doivent adopter que des mesures qui plaisent à tous. Celles-ci sont multiples. Parfois les Béconnais, lorsqu'ils ont le temps, s'amusent à les énumérer. Les guichets des lignes de banlieue ne ferment jamais, même aux heures creuses. Les trains sont affichés électriquement depuis un mois. Le signal de départ n'est donné que lorsque la grille d'accès au quai est tirée. Des cabines téléphoniques ont été aménagées à cinquante mètres les unes des autres. Des flèches indiquent les sorties, les entrées, les consignes, les salles d'attente. L'intérêt du public domine tout. C'est dans les gares que les journaux du soir arrivent d'abord. Les lignes d'autobus et de métro convergent vers elles. Une sorte de lien, aussi ténu que celui qui attache tous les possesseurs d'un billet d'une même tombola, unit les Béconnais lorsque, le soir, mêlés aux Versaillais et aux Courbevoisiens, ils attendent ensemble leur train à la gare Saint-Lazare. Du ciel, semble-t-il, les lampes à arc éclairent les voies. Malgré la fumée, les sifflements, le vacarme, une buée légère semblable à celle qui flotte en été, sur les fleuves, vole au fond de la gare. Avant que le train s'immobilise complètement, les voyageurs cherchent à deviner où s'arrêteront les portes. Ils sont seuls avec eux-mêmes, sauf ces quelques-uns qui prennent tout ce qui les entoure au sérieux et que la moindre anicroche trouble. Car il en est qui, de faire partie de cette foule pour laquelle tant de bienveillantes mesures sont prises, se sentent personnellement honorés, ainsi que ces soldats de la visite d'un général faite à leur régiment. Ils ont conscience que, de toutes parts, on s'efforce de leur faciliter la vie. Et quand ils quittent le secteur des protections officielles pour rentrer chez eux, seuls en face du peu qu'ils possèdent, ou pour se perdre dans les rues, ils se sentent un instant, au moment de la transition, désemparés.

4

Le Béconnais aime discrètement sa ville. Il en parle peu, ainsi que d'un fils bouffon un père sérieux. La tendresse qu'il porte à son pays, il la dissimule. La poésie que prête le temps aux choses près desquelles on a vécu et dont on ne saurait se libérer même si l'objet, des années plus tard, apparaît peu digne de soi, les souvenirs, de savoir comment était le terrain sur lequel une grande maison est bâtie, quel magasin précédait tel autre, ont fait naître dans le cœur des vieux Béconnais un amour qu'ils n'avouent pas, dont ils se défendent, mais qui perce aux jours des innovations et des décisions heureuses de la municipalité de Courbevoie.

La pluie qui tombe dans les rues grises, le bruit des trains et leur fumée (car il est encore des trains à vapeur, leur suppression n'étant envisagée que pour 1931, ce qui fait songer à toutes ces améliorations à venir que l'on attend sans y penser pour qu'elles arrivent plus vite), la boue légère qui recouvre les trottoirs, les rues désertes n'altèrent en rien leur amour.

Il est dans chaque ville un endroit qui, pour des raisons mystérieuses (ces mêmes raisons que le passant découvre lorsqu'il remarque, de temps en temps, qu'un café est désert alors que celui qui se trouve en face est plein, et auxquelles il pense parfois avec une telle intensité qu'il arrive plus vite chez lui), devient une sorte de promenade, le lieu de rendez-vous, cela simplement à cause de sa disposition au midi, de quelques terrasses de café, d'une maison dépassant l'alignement.

À Bécon-les-Bruyères, cet endroit, qui s'appelle le passage des Lions à Genève, le port à Marseille ou les quinze mètres du cours Saint-Louis, la place du Marché à Troyes, n'existe pas. Le voyageur habitué à le découvrir le jour même en toute ville, qui ne peut se plaire avant, qui habite justement l'hôtel le plus proche de lui, pourrait en désespoir de cause se rabattre sur le commencement de l'avenue Galliéni qui, donnant sur la place de la Gare égayée par deux cafés, est la voie la plus passante de la ville. Mais en quelque autre lieu que l'on se trouve, on est comme dans l'une de ces rues perdues où l'on cherche une adresse. Le jeune homme taciturne qui a rêvé d'une route abritée pour se rendre à l'auberge ensoleillée d'un village ne trouverait à Bécon que poussière et boue. Les terrasses sont trop étroites pour que l'on s'y sente à l'abri. Les rues trop longues et désertes mènent vers d'autres rues aussi longues et aussi désertes, bordées de pavillons, de maisons en construction, de terrains à vendre. Quand une place enfin vous délivre de ces voies interminables et vous fait espérer un centre proche, elle est clôturée de murs et de palissades de chantiers. Aucune statue ne se dresse au milieu. Elle n'existe que parce qu'il faut ménager des espaces libres au cas où cette banlieue deviendrait aussi peuplée que Paris.

Puisqu'il faut des années pour s'habituer à des noms propres qui ne sont pas en même temps des noms familiers, il semble que ce soit dans une ville de rêve que l'on s'avance quand, pas consacrées par une longue présence dans les annuaires et les calepins, les rues s'appellent Madira, Ozin ou Dobelé. Pourtant il en est qui s'appellent Galliéni, Tintoret, de la Sablière, Edith Cavell. Celles-ci ont l'air d'appartenir à de grandes villes et l'on s'y sent moins perdu. Le règlement de la préfecture qui veut que les rues soient numérotées dans les sens du cours du fleuve est observé. Mais comme on ne sait dans quel sens coule la Seine, c'est tout à coup au numéro 200 d'une avenue que l'on se trouve, alors qu'on pensait être à sa naissance.

\*

La gare, au bout de laquelle il reste du terrain pour les agrandissements futurs ainsi que de l'étoffe ourlée au bas des robes des fillettes, est le centre de Bécon-les-Bruyères. Elle donne accès, par ses côtés Asnières et Courbevoie, à deux places désolées où voisinent toutes les boutiques de la ville et où, à six heures du soir, s'attendent les Béconnais venus par des trains différents.

Il est dans chaque ville une rue qui, bien qu'elle ne soit pas la plus importante et qu'elle ne mène nulle part, revient plus souvent sur toutes les lèvres. Elle s'appelle à Bécon : rue du Tintoret, sans que l'on puisse savoir pourquoi. Elle part justement de l'une de ces places, entre deux cafés semblables dont l'un est naturellement moins fréquenté que l'autre, et qui, les jours de fête nationale, sont réunis par-dessus la chaussée à l'aide de banderoles tricolores et de ces mêmes réclames pour apéritifs interdites à Paris. Elle meurt cent mètres plus loin dans un dédale misérable et aéré. L'air est le seul luxe de cette banlieue. À mesure que l'on s'éloigne, les chambre meublées affichées dans les boulangeries demeurent toujours à trois minutes de la gare. Le jeune sportif qui veut avoir la distance dans le regard contemple chaque matin cette rue du Tintoret. Un garage y est installé, sans verrières parce qu'il occupe le rez-de-chaussée d'un immeuble. En face se trouve une agence de location en appartement, signalée par des pancartes mieux écrites que celles des boulangeries et par des photographies de villas, exposées dans une fenêtre ordinaire transformée en devanture.

Car il est des Parisiens qui viennent à Bécon-les-Bruyères avec l'espoir de trouver un appartement et qui, sans prendre garde aux papillons qui recouvrent les murs, parfois même les endroits où il est défendu d'afficher, se dirigent tout droit vers elle, prévenus par un panneau de publicité qu'ils ont aperçu du train s'ils étaient assis à la gauche de leur compartiment. Tous les inconvénients de la banlieue, ils les ont éliminés par des raisonnements. La brièveté du trajet les a mis de bonne humeur. « C'est une légende, les ennuis de la banlieue. Après tout, l'air est meilleur ici qu'à Paris : Bécon est sur un plateau. On n'a mis que neuf minutes pour venir. » Ils entrent dans l'agence. On les prie de s'asseoir à côté du plan de Bécon-les-Bruyères qui n'existe pas imprimé et qu'un commis-architecte a tracé et peint, à côté d'une pile de cartes de visite commerciales qui n'ont jamais été séparées les unes des autres.

Quand on s'est entendus pour visiter un appartement, le propriétaire de l'agence remet sa clef à un commerçant voisin afin qu'il la donne à sa femme quand elle rentrera et conduit ses clients : « Bientôt, il ne passera plus de trains à vapeur, dit-il. La voie sera électrifiée. Nous sommes à neuf minutes de Saint-Lazare. C'est aussi pratique pour ceux qui travaillent dans le centre que les quartiers sud de Paris. On a tort de s'imaginer que la banlieue est mal desservie. Vous avez des trains toutes les trois minutes aux heures d'affluence. D'ailleurs Paris se déplace vers l'ouest. »

Il est à Bécon-les-Bruyères des terrains à vendre depuis sept francs le mètre. Sur certains d'entre eux, des maisons s'élèvent lentement. Quand elles sont terminées, des Béconnais mal logés regrettent de n'avoir pas retenu un appartement alors qu'il était encore temps. Ils s'accusent d'imprévoyance. Ils en viennent à penser qu'il en sera toujours ainsi dans leur vie, qu'ils ne sauront jamais être heureux.

## 5

Tous les trains de Versailles et des Vallées ne s'arrêtent pas à Bécon-les-Bruyères. Les voyageurs qu'ils transportent ont l'impression que les Béconnais arrivent en retard en les voyant sur les quais en train de lire leur journal. Ils éprouvent, à cette supposition, un sentiment de contentement. Ils sont si nombreux à le ressentir qu'il semble, une seconde, que c'est ce sentiment lui-même qui passe sur la voie.

Les Béconnais redoutent chaque jour la panne d'électricité. Elle joue un rôle important dans leur vie. Elle est continuellement suspendue au-dessus de leur tête. Fort heureusement, elle est aussi rare que la mort d'un camarade mais aussi tragique.

C'est une supposition que font quotidiennement les habitants de Bécon, que celle d'une mort retardant le trafic. Ils se demandent chaque fois si, en ce cas, le service serait interrompu et combien de temps il faudrait pour qu'il reprît normalement. Comme le spectateur qui croit n'avoir point de chance dans la vie et qui pense que, justement parce qu'il se rend au théâtre, la vedette sera malade, il est des Béconnais qui supposent que du seul fait qu'ils prennent le train, il arrivera quelque chose.

La panne est leur épouvantail. Car ils vont tous au théâtre. Les préparatifs, les calculs, les repas pris avant la tombée de la nuit, tout cela fait surgir devant eux cette panne qui s'opposerait à leur plaisir avec la violence d'une catastrophe ou d'un deuil appris au moment de partir.

La gare de Bécon-les-Bruyères sans chef de gare, sans gare de marchandises, et les huit voies qui vont jusqu'à Paris séparent Asnières et Courbevoie comme un fleuve. Un tunnel fétide, au lieu de la passerelle désirée par tous les habitants, relie les deux communes. Il fait songer aux petites villes où il n'y a qu'un pont et où, pour approcher la jeune fille aperçue sur l'autre berge, il faut crier si votre voix est belle, lui faire signe de marcher comme vous dans la même direction jusqu'au moment où, à cause d'une maison trempant dans le fleuve ou d'un bateau amarré qui dépasse trop le niveau de l'eau, on la perd de vue. On ralentit alors pour ne pas arriver le premier à l'espace libre, de peur que dans l'absence on ne pense qu'elle ait disparu. On se retrouve pourtant avec quelques mètres d'écart comme quand, avec un ami, on a parié qu'un chemin est plus court qu'un autre.

Bécon-les-Bruyères est donc partagé en deux, ainsi que ces coupes d'hommes sans organes mâles sur les planches d'anatomie et ces œufs de carton qu'il faut ouvrir pour savoir laquelle des deux moitiés est le couvercle. Cette séparation faite, il ne reste plus que d'un côté Asnières, de l'autre Courbevoie, si bien que les lettres adressées simplement à Bécon-les-Bruyères arrivent au hasard dans l'une des deux postes.

Comme quand on débouche sur une vaste place, on aperçoit en sortant de la gare de Bécon, par une porte qui, pour tant de voyageurs, s'ouvre et se ferme ainsi que celle d'un magasin, un ciel plus large où les avions et les oiseaux demeurent presque aussi longtemps qu'à la campagne et où ils deviennent si petits que l'on s'arrête pour ne pas les perdre de vue. Semblable au dôme d'une coupole, lorsqu'on a monté l'escalier, ce ciel penche. Il penche vers Paris que l'on sent plus bas.

Il est des endroits autour des grandes villes où,

lorsque l'on s'y promène, on ne peut s'empêcher de penser que si la révolution éclatait ils resteraient aussi paisibles. Ils sont si déserts et si lointains qu'une insurrection perdrait presque tous ses membres avant d'y arriver, à moins que le chef ne donnât des ordres précis et ne fixât, par exemple, le rassemblement de ses troupes en l'un de ces endroits. Et le Béconnais se rassure en pensant à tous les quartiers, à toutes les villes de banlieue qui existent, et finit par se convaincre que la probabilité d'une marche sur Bécon-les-Bruyères est plus petite que un dix-millième. Il faudrait vaiment une grande malchance pour que justement l'émeute se dirigeât sur sa cité. C'est presque impossible. On le devine d'ailleurs aux rideaux légers des villas, aux étalages des magasins, à la grille fragile de la succursale du Crédit lyonnais, au visage serein de ces bijoutiers, les mêmes qui, dans les rues désertes, font que l'on se demande comment ils vivent.

Mais en supposant que la révolution éclatât dans le reste de la France et que Bécon-les-Bruyères fût isolé, il apparaîtrait tout de suite qu'une grande fraternité unirait tous les habitants, qu'ils formeraient aussitôt des ligues, des groupements de défense, qu'ils mettraient, jusqu'au retour des temps meilleurs, leurs biens en commun.

6

Bécon-les-Bruyères n'a point d'environs. À l'endroit où ils devraient commencer, on se trouve dans une autre commune semblable à celle que l'on quitte et dont la rue principale, qu'empruntent ces tramways trop vieux pour Paris, conduit sur la place centrale d'une autre ville et s'arrête, faute de rails, devant une mairie que seuls un drapeau et des tableaux grillagés signalent à l'attention. C'est chaque fois un sujet d'étonnement que les édifices publics soient plus modestes que les maisons privées. Instinctivement, on désirerait que ce fût le contraire, que le plus beau château fût l'hôtel de ville.

Ces artères principales de banlieue, jalonnées de poteaux télégraphiques sur lesquels des afficheurs amateurs collent des annonces avec un timbre pour leur propre compte, des afficheurs professionnels des réclames jaunes pour achats de bijoux, semblent interminables quand on les suit à pied. Les maisons basses dont les habitants ont l'air de s'y être installés parce qu'elles étaient abandonnées, les jardins dont les feuillages prennent la poussière comme des visières, les usines de deux cents ouvriers se succèdent sans égayer la route. Tout est clôturé, même les terrains les plus vagues. Comme dans les rues de Paris, aucune borne kilométrique ne permet de s'amuser à compter ses pas. De distance en distance, un réverbère dont le pied sert d'armoire aux cantonniers fait songer à l'allumeur qui ne peut en allumer qu'une douzaine, une boîte aux lettres à celles qui n'inspirent pas confiance et où l'on craint que les lettres ne demeurent une semaine avant de partir. Soudain, alors que l'on vient de parcourir deux ou trois kilomètres entre des murs couverts de tessons, pris dans le ciment comme des pierres dans la glace, entre des grilles au travers desquelles jamais personne n'a caressé une bête, apparaît une guérite toute neuve destinée à abriter les gens qui attendent un tramway. Un plan sous verre de la banlieue y est fixé à l'intérieur. Aucune arabesque modern style ne l'alourdit. Elle est droite, propre, pratique. Puis une ville inconnue surgit. Elle possède sa gare que les trains de Bécon-les-Bruyères ne traversent pas. Elle a d'autres magasins, un oculiste, un rétameur, une triperie. On devine brusquement qu'elle est mieux ravitaillée en fruits mais moins bien en légumes. Comme ces vendeurs qui sur les marchés tentent d'écouler un arrivage d'oranges ou de fleurs, les commerçants de ces villes de banlieue, qui, à cause du transport, se sont trop approvisionnés d'une denrée, la recommandent durant des jours.

\*

La Seine est à six minutes de la gare de Bécon-les-Bruyères. Ses berges ont vieilli. Elles ont cinquante ans, elles qui n'eussent pas dû avoir plus d'âge que les campagnes. Elles sont du temps des guinguettes, des parties de canot et des fritures. Les chalets des sociétés d'aviron de la Basse-Seine ou d'Enghien bordent le fleuve à un endroit qui fut champêtre. Un pont métallique sur lequel passent tous les trains les couvre maintenant de son ombre froide. Leurs murs, faits d'un ciment dont la teinte imite celle des rochers et de troncs d'arbres qui ont encore leur écorce, gardent pourtant un air rustique. Le dimanche, quand les portes à deux battants sont ouvertes, on s'aperçoit que les fenêtres de ces chalets sont fausses, que le rez-de-chaussée n'est qu'une vaste remise où sont suspendus par ordre de grandeur, les uns au-dessus des autres, les canots des adhérents. Puis ce sont plus loin des maisonnettes entourées de jardinets, à la grille desquelles le système de sonnette est si rudimentaire qu'il semble avoir été posé par des enfants. Des chambres meublées, avec facilité de faire la cuisine, sont à louer. C'est cette fois à quatre ou six minutes de la gare qu'elles se trouvent, mais cela à la condition de connaître ces chemins de traverse qui disparaissent un à un à chaque nouvelle construction, sans que les propriétaires doublent les horaires indiqués.

En longeant les bords de la Seine, l'attention se porte sur tout ce qu'elle charrie. À voir les corps des bêtes mortes échouées sur les berges rocailleuses, à côté de ces sacs mystérieux, soigneusement fermés, qui n'ont plus de teinte, qui contiennent on ne sait quoi, que personne n'ose ouvrir, même les agents cyclistes, une sorte de lumière éclaire la politique du chien crevé. Ce qui jusqu'alors n'avait semblé qu'une image prend tout à coup une signification profonde. Les chiens morts qui suivent le fil de l'eau existent vraiment, mais d'une autre manière que la foudre qui tombe sur un arbre.

À cause de la force d'attraction, des morceaux de bois, de l'écume, des parties d'objets que l'on ne reconstitue point, des boîtes de fer-blanc, au fond desquelles est resté un peu d'air, flottent autour des péniches amarrées. Sur l'autre rive, l'usine Hotchkiss éveille des souvenirs de mitrailleuses, et de cet après-guerre où les industriels, afin d'utiliser leur matériel, modifiaient si peu de chose à leurs fraiseuses et à leurs tours pour qu'ils fissent, au lieu d'obus et de canons, des automobiles et des machines agricoles. Plus loin, devant l'usine à gaz si haute qu'elle dissimule les gazomètres, qui mieux que les cheminées satisferaient le désir de connaître ce qui se fabrique là, des chalands sont immobiles au pied de sortes de toboggans d'où glisse ce même mâchefer que les soldats en occupation allaient chercher dans la banlieue de Mayence, pour faire une piste cendrée destinée aux championnats de corps d'armée. Plus loin encore, d'autres chalands chargés de ferraille attendent qu'on les décharge. Cela semble aussi incompréhensible qu'ils soient utilisés au transport de vieilles poutrelles, d'escaliers de fer tordu, de tôle ondulée, de chaudières rongées par la rouille que ces trains qui barrent parfois durant une heure les passages à niveau à celui du sable ou des pierres. Dans l'enchevêtrement de cette ferraille, on reconnaît des wagons que l'on n'imaginait pas devoir être transportables, des châssis dont les trous réservés aux boulons sont vides, des signaux, des carcasses de baraque, des chevaux de frise, des fils télégraphiques liant tout cela, des machines agricoles qui furent neuves, huilées, livrées avec soin, dont les poignées furent enveloppées de papier, qui eurent une valeur sur les catalogues. Les formes multiples et compliquées de cette ferraille, le cercle des roues, les pas de vis, la ligne droite d'un levier n'ont pas plus de valeur que celle du minerai sortant de la terre. Toutes ces machines emmêlées les unes aux autres ne sont plus que du fer brut que l'on vend au kilo. Les gens qui en connaissent le prix doivent être étranges. Alors qu'aux jours de repos peu de choses rappellent aux fonctionnaires leur profession, eux ne peuvent sans doute pas se promener sans estimer les balustrades, les réverbères et les ponts de fer. Quand une statue de bronze ou le triton d'un bassin disparaît c'est dans leur corporation que la police cherche le voleur. On se demande, devant ces tonnes de ferrailles comme devant la hotte d'un chiffonnier, ce que cela peut bien valoir. On passe par tous les prix ; on les compare à ceux des objets de première nécessité ; on s'interroge pour savoir si cinq kilos de plomb valent une cravate. Il vous apparaît que c'est un monde mystérieux que celui où tombent toutes ces choses qui furent neuves, que l'on eût pu transporter dans son jardin, avec lesquelles votre maison eût pu être consolidée. Devant une de ces machines, comme devant la plus vieille automobile, on se demande maintenant si on l'achèterait pour deux francs. Et ceux qui ont songé parfois à la vente au kilo des métaux, de voir soudain tant de tonnes en face d'eux, sont pris d'un doute et se demandent si elles sont vendues ou bien si, au contraire, on a payé pour s'en débarrasser.

Dans une île, en face de l'usine à gaz, se trouve le cimetière aux chiens qui, avec la traversée de Paris à la nage et l'affluence des gares, sert à alimenter les journaux en été. La statue du saint-bernard qui sauva quarante et une personnes et fut tué par la quarante-deuxième se dresse à l'entrée. Elle contribue tout de suite à imprégner l'air de toutes les formes de la gratitude. Le sentiment qui fait répugner l'homme à de petits cercueils ne s'éveille pas ici. Les tombes sont petites, plus petites que celles des enfants que l'on met dans des cercueils trop grands pour eux. Il semble que ce soit dans un cimetière d'amants que l'on s'avance. Les monuments, qu'ils soient fastueux ou modestes, et sur lesquels sont gravés des prénoms seulement, recouvrent tous des corps qui furent aimés. En lisant ces prénoms, on sent que l'on pénètre dans mille intimités. Les photographies émaillées, jaunies par les ans, accrochées aux stèles, car on peut planter des clous dans la pierre, représentent des chiens fidèles et font imaginer, par-delà le photographe, une jeune femme qui les menace du doigt pour qu'ils restent immobiles. Boby, Daisy, vous dormez ici depuis 1905. Mais qu'est devenue votre maîtresse, et cette peau d'ours blanc, et cette table légère sur lesquelles on vous a photographiés ?

À la pointe du cimetière se trouve une plate-forme de ciment armé où fut installée, pendant la guerre, une batterie contre les avions. Le ciment s'est cassé. Les tringles de fer ont été tordues pour dégager un sentier qui conduit au sommet d'un talus. À la fin de l'après-midi, on aperçoit de là, comme d'une colline, le soleil au bas du ciel, un peu au-dessus de la Seine. Sans le dernier pont, si petit qu'il n'a point d'arche, c'est dans l'eau même du fleuve qu'il se coucherait. Mais on est trop près de Paris. C'est tout de même encore derrière des pierres que le soleil disparaît.

## 7

Bécon-les-Bruyères a ses distractions. Cette jeune fille qui, en juillet, vêtue comme à la mer d'un sweater et d'une jupe de flanelle blanche, porteuse d'un filet de balles de tennis, longe la voie de chemin de fer à l'endroit où, durant vingt mètres, les villas et les arbres font qu'il semble que l'on se trouve dans une ville d'eaux, est heureuse. Elle se rend aux tennis de Bécon. Une palissade surmontée d'un grillage que les balles font trembler, dont les planches, emboîtées comme les lames d'un parquet, formèrent avant le toit d'une baraque (puisqu'elles conservent encore les ouvertures par où passèrent les tuyaux des poêles), les dissimule.

Les habitants de Bécon-les-Bruyères aiment se rendre le samedi ou le dimanche soir au cinéma. Le « Casino de Bécon », semblable à quelque garage de plâtre, est surmonté d'un fronton décoré de guirlandes au milieu desquelles l'année de la construction, 1913, est inscrite, comme si la direction, qui n'est d'ailleurs plus la même, tenait encore à rappeler l'année de sa première représentation. Elle a pris une importance subite pour le propriétaire. Car les cinémas, comme les bohèmes qui en vieillissant s'attachent aux signes extérieurs d'une situation, veulent aujourd'hui faire aussi sérieux que les maisons de commerce.

Dans chaque ville il existe des gens étranges qui ne semblent habiter un lieu que provisoirement, qui viennent de pays inconnus, qui ont eu des aventures. Mais aucun d'entre eux ne réside à Bécon. L'homme mécontent d'y vivre, l'homme sur dix mille qui dans les villes est fou, qui prétend qu'un rayon de soleil, en traversant le méconium, se transformera en or, qui a un brevet pour quelque invention, qui est recherché par la police, qui sera riche du jour au lendemain, ne se rencontre pas. Il n'est point d'habitants mystérieux. Personne ne souffre. Il n'est point de jeunes femmes qui, abandonnées par un homme, sont sur le point de se lier avec un autre, ni d'adolescents amoureux d'une amie de leur mère, ni de directeurs ruinés par une passion, ni de maîtresse d'un ministre. Celui qui, à un moment de déchéance, échouerait à

Bécon-les-Bruyères se sentirait tombé si bas qu'il en partirait aussitôt. Il ne pourrait même pas y vivre avec humilité. Il n'est point encore de savants incompris, de grands hommes méconnus, de condamnés graciés. Tout y est honnête et égal. Tous vivent paisiblement. Les changements sont lents à se faire. C'est deux ans à l'avance qu'une famille se décide à quitter la ville, des époux à divorcer. Il n'y a de meurtres que dans les rues ou les cafés. Et les criminels ne sont jamais béconnais.

\*

Quand le temps est brumeux, que les maisons, vides comme les casernes à l'heure de l'exercice, sont silencieuses, que les teintureries sont froides, perdues et éloignées du contrat hebdomadaire de l'usine de dégraissage, que la bière des cafés est livrée, que les boutiquiers sont revenus des halles, une lourde tristesse pèse sur Bécon-les-Bruyères. Dans le calme de la matinée, on n'imagine aucune femme encore couchée avec son amant, aucun collectionneur comptant ses timbres, aucune maîtresse de maison préparant une réception, aucune amoureuse faisant sa toilette, aucun pauvre recevant une lettre lui annonçant la fortune. Les moments heureux de la vie sont absents. Les enfants sont aux lycées d'Asnières ou de Paris. Personne n'attend depuis plusieurs jours un rendez-vous. Aucun soldat ne doit être libéré. Personne n'est nommé à un poste supérieur ni ne rêve d'un long voyage. C'est l'enlisement. Derrière les murs gris des maisons, les appartements ne communiquent pas entre eux par des escaliers mystérieux. Le passant qui ailleurs est peut-être député, acteur ou banquier n'est ici que commerçant. Parfois, sur la voie, un civil qui n'est que contremaître commande à deux manœuvres et mesure lui-même. Il ne doit pas donner sa démission à la fin du mois. Il ne fait que vivre dans la crainte d'être renvoyé et d'être obligé de recommencer, comme ouvrier, dans une autre compagnie. Parfois, le fruitier ferme plus tôt son magasin. Il ne doit pas, comme ailleurs, passer sa soirée à s'amuser. Parfois encore la marchande de journaux de la gare lève plus tard que d'habitude le rideau de fer de sa boutique. Elle n'a pourtant pas, comme ailleurs, un amant nouveau qu'elle ne peut se résoudre à quitter.

\*

Un jour peut-être, Bécon-les-Bruyères, qui comme une île ne peut grandir, comme une île disparaîtra. La gare s'appellera Courbevoie-Asnières. Elle aura changé de nom aussi facilement que les avenues après les guerres ou que les secteurs téléphoniques. Il aura suffi de prévenir les habitants un an à l'avance. Il ne s'en trouvera pas un pour protester. Longtemps après, de vieux Béconnais, comme ces paysans qui, en été, vous donnent l'ancienne heure, croiront encore habiter Bécon-les-Bruyères, puis ils mourront. Il ne restera alors plus de traces d'une ville qui, de son vivant, ne figura même pas sur le plus gros des dictionnaires. Les anciens papiers à en-tête auront été épuisés. Les nouveaux porteront fièrement Courbevoie-Asnières. Bécon aura rejoint les bruyères déjà mortes.

Aussi, en m'éloignant aujourd'hui de Bécon-les-Bruyères pour toujours, ne puis-je m'empêcher de songer que c'est une ville aussi fragile qu'un être vivant que je quitte. Elle mourra peut-être dans quelques mois, un jour que je ne lirai pas le journal. Personne ne me l'annoncera. Et je croirai longtemps qu'elle vit encore, comme quand je pense à tous ceux que j'ai connus, jusqu'au jour où j'apprendrai qu'elle n'est plus depuis des années.

*Le retour de l'enfant*

Dans le train qui me conduisait vers le village que j'avais quitté depuis cinq ans, tout était silencieux. Il faisait une chaleur étouffante en cette après-midi de juillet. C'étaient les mêmes rayons qui nous suivaient, sans quoi je me fusse étonné, à cause du souvenir des minutes passées, immobile, une loupe à la main, à roussir des feuilles de papier, que le soleil eût, au travers des glaces, la même force que si le convoi avait été arrêté.

Je tirai les rideaux bleus, de ce bleu des hampes de drapeau. Il n'était que trois heures. Que le temps ne s'écoulât pas plus vite alors que nous dépassions, à travers la campagne, le pas de l'homme, me déconcertait.

Par moments, aux endroits où les rails étaient plus lisses, il semblait que nous n'avancions plus. Seul, l'anneau de la sonnette d'alarme tremblait, comme si le coup qui l'avait mis en mouvement avait été si fort qu'il eût pu déclencher un balancement de plusieurs heures.

À cause d'une crainte instinctive, j'évitais de poser les pieds sur les chaufferettes. Elles étaient peut-être devenues brûlantes depuis que, tout à l'heure, je m'étais baissé pour les toucher avec le dehors de mes doigts, parce qu'il est plus sensible. Je sentais qu'il suffisait d'un geste de quelque contrôleur, dans le wagon de tête ou de queue, pour qu'elles eussent fonctionné dans l'intervalle. Ce geste, je redoutais qu'il n'eût été accompli par inattention, en fumant une cigarette, en lisant un journal.

Par une glace, maintenue à demi baissée par une lanière d'étoffe (à cause d'une décision prise en 1917, alors que les soldats coupaient les courroies de cuir pour se faire des ceinturons), le faux vent de la vitesse pénétrait dans le compartiment, mêlait aux cheveux la poussière de charbon. Des insectes des champs tombaient parfois sur les banquettes, glissaient entre les coussins, comme dans un gouffre, ce qui m'amenait à m'apitoyer sur eux comme sur les vermisseaux des salades emportés par l'eau d'un robinet vers de sombres égouts.

Les tunnels se présentaient par séries, comme tout dans la vie, comme les coups heureux, comme la malchance. N'en connaissant pas la longueur, j'hésitais alors à lever la glace. La fumée nous enveloppait et, longtemps après, son goût me restait sur la langue.

Mon voisin dormait. Il avait, par instants, des gestes d'homme éveillé, bien qu'il gardât les yeux fermés. Il tirait un mouchoir de sa poche en dormant, déplaçait la tête, se mouchait en dormant. Pour trouver une position commode, une volonté lointaine commandait à ses membres, mais défaillait quand il s'agissait de l'ordre et des convenances. Dans une petite gare, le train s'arrêta trois minutes importantes, qui, bien qu'elles fussent prévues, me parurent devoir retarder mon arrivée de trois minutes.

Nous repartîmes alors que les voyageurs qui étaient descendus du train avaient déjà gagné la route. Ils nous regardèrent passer, les bagages à la main.

Du haut d'un viaduc, plus près du seul nuage, pointu à l'avant pour fendre l'air, qui nous suivait, nous aperçûmes des vallons, des coteaux. Au loin, des clochers se dressaient, les points cardinaux au petit bonheur. Des automobiles, sur une route nationale, semblaient suivre un chemin plus long.

C'était une campagne habitée que nous traversions, où les champs succédaient aux villages, une campagne que sillonnaient de petits ruisseaux barrés de passerelles de bois sur lesquelles des hommes pêchaient.

C'était la campagne de ma jeunesse, des gravures pour apprendre l'allemand, où tout ce dont se sert le paysan est à sa place, sans nécessité.

Il y avait des meules, des charrettes, des chaumières, des fourches, deux chevaux qui tiraient une charrue, des troupeaux.

Les vaches broutaient, chassant les mouches de leur queue. Des poulains s'arrêtaient devant les haies, ruaient sans danger pour personne dans les vastes pâturages. Une vieille femme portait un fagot pour que ce mot, dans la mémoire des enfants, se retînt plus facilement.

Ces campagnes où nous passions, chacun en esprit au départ ou à l'arrivée, chacun plein d'adieu ou d'attente, ces campagnes où jamais nous n'irions autrement que sur les rails que nous suivions, à moins d'un hasard impossible, et qui vivaient pourtant heureuses, me rendirent mélancolique.

Un journal qu'on ne s'était pas donné la peine de replier, que l'on avait jeté plusieurs fois parce qu'il n'avait pas voulu tomber, traînait à terre.

Je pris ce journal du matin, doublement vieilli

par l'heure et l'éloignement, et tâchai d'y trouver des dépêches venues d'ici, ayant effectué le voyage inutile de Paris, puisque je les rapportais, à cause d'un penchant de chercher en tout quelque chose de grotesque.

Les gens qui travaillaient dans les champs n'avaient pas encore lu ce journal. D'être mieux renseigné qu'eux, d'être emporté à la même vitesse devant les paysages où, seul, je me serais arrêté, de voir une vie champêtre aussi intime que celle des maisons, m'incitait à rêver, les yeux mi-clos, les jambes pas croisées pour qu'aucune fatigue ne vînt me rappeler à la réalité.

Des voyageurs passaient dans le couloir, en sens contraire de la marche, craintifs dans les accordéons, gagnant quelques pas sur le sol qui en perdait mille dans la campagne. Nous n'avions pas le temps de voir l'heure aux gares. Un train que nous croisâmes me causa une frayeur.

Je laissais des camarades que je n'avais pas prévenus, ma logeuse, car je ne peux me séparer des gens les plus insignifiants pour toujours.

Je laissais une jeune fille, Julienne, que j'aimais, qui, neuf heures après mon départ, me manquait déjà, qui m'apparaissait pleine de qualités, comme après une longue absence.

Je laissais un bureau sombre dont une seule fenêtre donne sur la rue Drouot ; les cinq autres, sur une cour. La fenêtre de la rue Drouot n'était pas pour moi. Il m'aurait fallu attendre le départ de sept employés pour devenir le plus ancien et pour m'en approcher.

Je laissais des habitudes, des manies, nées de la pauvreté, les réveils brusques dans le demi-jour, la crainte que l'on ne me rendît pas ce que je prêtais, les mauvais restaurants, l'indigence des fins de mois, chaque mois plus longue d'un jour, ce qui m'eût conduit, automatiquement, à la déchéance.

Je laissais une vie réglée, si bien réglée que je m'étonnais, maintenant, qu'elle n'existât plus. Celui qui prendrait ma chambre ne se lèverait pas à la même heure que moi. Je n'achèterais plus mes petits pains à la boulangerie voisine. On ne me verrait plus. Dans un mois, après le temps normal d'une maladie ou d'un congé, on penserait peut-être un instant à moi, puis ce serait fini.

Je laissais aussi des choses, de vieilles choses que j'avais crues utiles, dont je n'avais jamais voulu me débarrasser, même quand je changeais de chambre : un pantalon, une boîte de fer, un flacon de parfum vide, mais de verre épais, des photographies, des chemises usées, des lettres et des enveloppes, parce que je ne peux pas déchirer une lettre, parce que je garde toujours les enveloppes comme si, sans elles, les lettres n'eussent plus été des lettres.

J'avais tout laissé. Je n'emportais, dans ma valise neuve, que des effets neufs. Mes brosses étaient enveloppées dans des journaux du jour. J'avais voulu que rien ne me rappelât ma vie de Paris, que mon attention se portât seulement à chasser les mauvais souvenirs.

Je revenais vers mes parents. J'allais les retrouver, moi, leur fils, leur frère. Dans une heure, je serais parmi eux. Ils n'allaient d'abord pas me reconnaître. Puis, pleurant de joie, ma mère me serrerait dans ses bras – pas longtemps, parce qu'elle appellerait mon père pour lui annoncer la bonne nouvelle.

Dans mon esprit, jusqu'à ce qu'il m'advînt de penser qu'il pouvait se faire que ce fût mon père qui se présentât d'abord à mes yeux, c'était bien ma mère qui, la première, me pardonnerait.

Mais qu'importait ! Mon père m'embrasserait, me serrerait aussi dans ses bras, contre sa poitrine plus ferme dont j'imaginais moins le contact.

Il y avait bien des animaux, des chiens, des chats, dans la maison, le jour où j'étais parti. Mais à eux je ne songeais pas, de peur de m'attrister. Les bêtes vivent moins longtemps que les hommes. Elles étaient peut-être mortes parce que je ne savais pas leur âge. D'ailleurs, personne ne le savait. C'étaient des bêtes trouvées que ma mère, très bonne, adoptait.

Je revis le petit jardin où, enfant, j'aurais aimé à creuser un trou de ma hauteur.

Je revis les lapins. Ce ne seraient plus les mêmes, mais cela ne faisait rien, parce que, même s'ils n'étaient pas morts, je ne les eusse pas reconnus.

Je revis le puits à côté duquel je me lavais pour ne pas mouiller le parquet de ma chambre, pour ne pas porter l'eau, ce qui faisait que mon père se fâchait parce qu'il craignait que l'eau de savon, bue par la terre, ne retournât au fond du puits.

Je revis les artichauts, si durs quand ils sont crus, les branches basses qui me permettaient de monter aux arbres, ma collection de timbres dont l'un était triangulaire, le petit ruisseau qui coulait tout près de la maison, entre les orties, une allée sablée pour mes pieds nus, l'âne, plus grand, qui vivrait encore, mon cerf-volant, venu d'un magasin, fait avec du bois blanc et non avec des baguettes vertes, ma bicyclette que je soignais de la même manière que moi, négligent de la poussière qui la recouvrait, mais soucieux des roulements, par une prédisposition de mon esprit plus porté vers le fond que vers la forme.

J'entendis le chant des coqs, celui de huit heures du matin, plus cuivré à cause du soleil, du miroitement des ruisseaux, les battoirs des laveuses, les aboiements. Tous ces bruits étaient silencieux dans l'espace. Ils mouraient doucement, se mêlant aux vibrations de l'air chaud, sans écho inattendu, sans grossir de nouveau sur quelque toiture de zinc.

*

Je reconnus une ferme, une grange. J'étais arrivé. Comme je me trouvais dans un wagon de tête, je crus que le train ne s'arrêterait pas.

Les quais étaient déserts. L'horloge, que je surprenais enfin, marquait cinq heures dix. Un vent tiède et sec me caressa le visage.

Bien que je n'eusse pas prévenu mes parents, d'arriver ainsi sur un quai où personne ne m'attendait me déçut un peu.

Les fenêtres de la gare étaient ouvertes. Les registres, le pot de colle liquide, les téléphones, la bascule encombrée de sacs, les notices, épinglées seulement et non collées par respect de celles qui se trouvaient dessous, tout ce matériel humide et triste dans les villes était ici souriant.

Devant la porte, je me retrouvai avec quelques personnes. Un employé garda nos billets dans sa main. On aurait dit qu'entre voyageurs nous nous étions entendus pour remettre au même nos billets.

À cause d'une crainte inexplicable d'arriver chez mes parents, après cinq ans d'absence, avec une valise, je la posai à la consigne.

J'avais encore cinq cents mètres à faire, sans voiture, sans train, à pied, c'est-à-dire avec la certitude d'arriver dans dix minutes, sans accident, sans attente. Mon cœur battait. Qu'il fît chaud me réjouissait. Mon émotion n'apparaîtrait pas sous ma rougeur.

Pourtant, je n'osais quitter la place où il y avait encore du monde, où je passais inaperçu, pour prendre la route droite, découverte, où l'on m'eût vu de loin.

Le train repartit. Je venais donc d'arriver. Je n'avais pas perdu de temps. Après un long voyage comme celui que je venais de faire, je pouvais bien me rafraîchir à l'auberge.

À la vue de voyageurs qui s'y trouvaient, je fus réconforté.

Soudain, la crainte que mon père, entrant par hasard, ne me vît me glaça. La grandeur, la surprise de mon retour en eussent été gâtées. Devant les consommateurs, je n'aurais pas même osé l'embrasser. Il m'eût ramené à la maison en pensant que je n'avais pas été pressé de le revoir. Ma mère ne m'aurait pas reçu de la même manière. Tout eût été abîmé bêtement.

Je bus rapidement un verre d'alcool. Des mouches volaient au milieu de la salle. Elles étaient plus grosses que celles de Paris. Une porte ouverte donnait sur un jardin, sur le ciel, sur ma vie de demain.

\*

La route qui mène à la maison de mes parents est bordée de pommiers auxquels pendaient des épis laissés par les charrettes revenant des moissons. Des corbeaux d'hiver, noirs, lents et tristes, volaient au-dessus d'un arbre, dans l'air où il n'y avait pas d'ombre.

Je marchais vite. Des sauterelles, confiantes en leur légèreté qui les dispensait de tout mal en tombant, sautaient du point d'appui élastique de l'herbe jusqu'au milieu de la route où leurs longues pattes, habituées au chaume, étaient embarrassées.

Une voiture sur de hautes roues cerclées de fer, entre lesquelles, à l'endroit où l'on attache les chiens, un nuage de poussière s'élevait, me dépassa. Elle n'avait pas de numéro. Elle était libre, comme l'air, comme les champs, comme la vie que j'allais mener.

Un homme, tout seul dans un champ immense, fauchait du blé. J'apercevais, à ma droite, les maisons du village d'où, malgré la chaleur, s'élevaient de minces fumées bleues. Elles étaient fragiles dans le ciel où elles avaient trop de place. On sentait que le moindre souffle les disperserait, pas tout de suite, seulement après les avoir fait plier. Une borne kilométrique me rappela que l'on savait, quelque part, que la route existait.

Je redoutais, maintenant, l'instant que j'avais tant désiré. Je craignais d'apercevoir, au loin, quelqu'un de ma famille. J'avais si chaud que, chaque fois que je passais à l'ombre d'un pommier, je ne m'en rendais pas compte.

Un papillon me précédait. Il m'attendait, pas seulement sur des fleurs, mais sur des pierres, et quand je m'approchais de lui il repartait, sans m'avoir vu ni entendu, tellement il était fragile, pour se poser plus loin.

Des odeurs de bois, d'herbes, d'étangs, venues de tous les points, se mêlaient au-dessus de la route neutre.

Sur une hauteur, entre deux arbres de la même grandeur, j'aperçus soudain la maison de mes parents. Les fenêtres étaient ouvertes. J'attendais l'émotion, la joie que j'avais escomptées. Mais rien. Elles se heurtaient, cette émotion, cette joie, à mille pensées, à mille souvenirs, engendrés par la multitude d'insectes, de brins d'herbe, de grains de terre qui m'entouraient, qui me dispersaient, qui firent que je ne sus plus, une seconde, où j'étais.

Je m'arrêtai. Je regardai la maison de tous mes yeux. Elle ressemblait aux maisons que j'avais vues du train. Tout s'y passait normalement. Rien ne l'attirait plus à mon attention que les autres.

Quelque chose bougea à une fenêtre. On eût dit une étoffe claire avec des remous.

J'ouvris la bouche, presque pour appeler. Je tendis les mains vers ce signe de vie. Ce n'était pas un animal, ni du linge qui séchait. Cela bougeait toujours au premier, à la fenêtre de la chambre de mes parents. C'était mon père, ma mère.

Un miroitement passa devant mes yeux. J'avais conscience, tout à coup, que ce que j'avais imaginé s'effondrait, que les phrases que j'avais préparées ne sortiraient pas, que l'on me tendrait des pièges, que je me contredirais, que j'étais aussi seul que dans la gare de Paris, ce matin, quand j'étais parti. Le chemin que j'avais fait ne m'avait pas rapproché. On ne pensait pas à moi. Celui qui, après cinq ans d'absence, se trouvait à quelques pas de ses parents était encore si loin, si oublié que tout se déroulait normalement, qu'une étoffe bougeait à une fenêtre, que la maison était blanche, les fenêtres ouvertes.

De la poussière tombait sur moi. J'en jugeais l'épaisseur d'après les brins d'herbe, les branches qu'elle recouvrait.

Je pris un sentier qui contournait la maison pour ne pas arriver par la grande porte. Les clairières, qui ne me dissimulaient qu'à demi, ne permettaient pas de me reconnaître à la démarche. Les ombres allongées des arbres m'accompagnaient. Quand je passais près d'un essaim de moustiques, je regardais le sol, sous lui, sans penser.

Des oiseaux chantaient, battaient des ailes, par précaution, pour s'envoler de nouveau si les branches pliaient trop sous leur poids. Le soleil baissait. Une vie bourdonnante renaissait à la première fraîcheur du soir. De nouveaux insectes, ceux qui aiment la pluie, sortaient de la terre fendillée.

Tout en marchant, je ne quittais pas des yeux la maison. Des détails commençaient à me la rendre familière. Une barrière séparait la cour du jardin potager. Je reconnus les rideaux, le banc, devant une fenêtre du rez-de-chaussée, une pelle dont le manche lisse était aminci par le frottement des mains. Je vis un seau de zinc neuf qui ne me sembla pas un intrus, parce qu'il n'avait pas servi sans moi. Les arbres n'avaient pas grandi.

Il me restait cinquante mètres à faire. Ma famille devait se trouver dans la salle à manger. Ma mère préparait le dîner. Mon père lisait dans son bureau. Mes sœurs cousaient.

J'avançais lentement. Mon pouls, mes tempes, toutes mes veines à fleur de peau battaient avec force, à la même cadence.

Dans une minute, j'allais entrer dans la maison. Je vis encore la scène que j'avais tant de fois imaginée, les étreintes, les larmes, le bonheur de mes parents. Elle se passerait comme je l'avais prévu. Il n'y avait pas de raison que je me fusse trompé puisque, jusqu'à présent, tout suivait son cours normal.

Des larmes me venaient aux yeux, se confondaient sur les joues, avec la sueur. Elles coulaient, pourtant, plus fraîches.

On allait me pardonner d'avoir pris de l'argent, d'avoir joué la comédie avant de partir, d'être resté cinq ans sans écrire.

Puis, de sentir le parfum de l'herbe, il m'apparut soudain que ce que j'avais fait était beaucoup plus grave que je ne le supposais, qu'il allait falloir supplier que l'on me gardât, que l'on oubliât.

Ce que j'avais imaginé s'évanouissait dans la vie bourdonnante qui m'entourait, qui, elle, continuait droite jusqu'au soir, insensible à mes calculs, aux complications de mon esprit.

J'étais, à présent, tout près de la maison. Je n'osais encore entrer. J'avais posé la main sur la barrière qui clôture notre propriété. Un buisson de notre jardin me dissimulait. Parce qu'il était à nous, parce qu'il semblait se faire mon complice, je repris, pour un instant, confiance.

Je n'avais pas la force de faire un pas. Moi qui avais cru que l'on rirait, que l'on me plaindrait, je sentis que je serais incapable de prononcer un mot. J'eus un éblouissement. De tout mon cœur, maintenant, j'espérais que quelqu'un sortirait, me verrait. Alors, je me serais évanoui. On m'aurait porté. Je me serais éveillé dans un lit, avec, à mon chevet, les miens attentifs à tous mes gestes.

Mais personne ne venait. J'entendis ma sœur qui chantait, ma mère qui parlait, cela sans que je visse personne, bien que les fenêtres fussent ouvertes.

Je lâchai une seconde la barrière pour m'éprouver, pour passer ma main sur mon front, où coulait une nouvelle sueur. Je faillis tomber. Je titubais. Je repris, à pleines mains, la barrière, verdie par les pluies.

Je voulus appeler. Le souvenir de ce que j'avais machiné, mêlé à l'espoir que j'allais me remettre, m'en empêcha.

Soudain, mon père, en manches de chemise, sortit de la maison. Je le vis nettement. Je me baissai et l'épiai au travers des feuilles où, à la fraîcheur, grouillait tout un monde d'insectes. Il ne m'aperçut pas. Je n'étais plus son fils. Je me cachais, je le guettais, sans qu'il s'en doutât, comme l'eût fait un malfaiteur. Il se rendait au jardin. Il portait un panier vide et léger. Il avait vieilli. J'étais bouleversé au point de ne pas m'en attrister.

Il y a cinq ans, même par les grandes chaleurs, il n'enlevait jamais sa veste, se tenait droit et n'allait jamais au jardin. C'était moi qui cherchais les légumes.

Je voulus alors courir à lui, me jeter à ses pieds, sangloter, le supplier de me pardonner. Mais je ne bougeai pas.

Il repassa devant moi, lentement, se tourna parce qu'un coq chanta. Je le vis bientôt de dos, voûté, plus triste, me sembla-t-il, parce qu'il rentrait à la maison.

Il était trop tard pour le suivre, pour l'arrêter. Mon père me laissait dehors.

Je ne pouvais plus rester ainsi, dissimulé. Il fallait que j'entrasse.

J'oubliai tout et, lâchant la barrière, je fis un pas, puis deux.

J'allais entrer. Le grand moment était arrivé.

Mon père, ma mère allaient me voir, me regarder avant de me reconnaître.

Je levai le loquet d'une porte de la clôture. J'étais dans le jardin. Je m'arrêtai net, les mains sans appui, me tenant droit, immobile, parce que le sol était plat.

Il n'y avait personne dans la cour. Je fis encore un pas. La courbe de l'horizon, dans mes yeux troubles, me semblait tourner avec mon regard. Aucun arbre, aucun buisson ne me dissimulait. Je faisais face aux murs de la maison, aux fenêtres, à la pente inclinée du toit sur lequel, enfant, je lançais des balles.

Quelques mètres me séparaient de la porte. Je n'avais qu'à marcher, droit devant moi, sur le sol libre, que n'encombraient plus ni seau, ni brouette, ni panier.

Soudain, mon regard se porta sur les murs dont l'épaisseur m'apparut aux embrasures, sur les objets de bois, de fer, sur le banc, la pelle, sur les pierres du puits et, une seconde, sur les poules qui remuaient à mes pieds. Une voix claire montait de tout cela. Je n'en comprenais pas le sens. Mes oreilles bourdonnaient. Je me raidis. Le calme, la force, la volonté m'abandonnaient un à un. Un râle sortit de ma gorge. À cause de l'étable proche, à cause du chien qui dormait sur le sable chaud, il n'attira pas l'attention.

Je fis encore un pas. J'attendis, le corps en nage, la poitrine opprimée. Comme dans un rêve, la respiration me manquait. Il me sembla que je m'étais affaissé, que je gisais sur le sol, que mes pieds étaient aussi proches du ciel que ma tête.

Je n'en pouvais plus. J'eusse continué d'avancer que je n'aurais plus vu la porte, que je me serais jeté contre un mur. J'étais incapable d'aller plus loin. Je reculai d'un pas, sans quitter la maison des yeux. Les murs me semblèrent moins épais. Je reculai encore. Ma respiration devenait régulière. Un soulagement immense coula dans mon corps. Les poules, plus actives, picoraient. La terre, à l'ombre, se refroidissait lentement. Un oiseau essayait d'emporter un fétu de paille. Une paix subite était tombée sur le jardin, sur la cour, sur la maison, comme s'il avait suffi que je m'éloignasse pour qu'elle revînt.

Lentement, je gagnai la route. Mes souliers poussiéreux étaient rayés par l'herbe. Je renaissais. Sans me retourner, je me dirigeai vers le village. Le soleil se couchait derrière moi. Il restait avec la maison de mes parents. Mon ombre longue me précédait. Je lui épargnais de se heurter aux arbres, aux tas de pierres. J'étais calme. Je m'efforçais de ne pas penser.

Sur la hauteur, à l'endroit où la maison m'était apparue en arrivant, je me retournai.

Elle se dressait entre les deux arbres déjà obscurcis dans le ciel bleu. Une fenêtre était fermée. Un seul carreau flamboyait. La journée s'achevait dans la même paix que la veille. Je me sentis coupable d'avoir failli la troubler.

Une bouffée d'air chaud, que des insectes suivaient, m'enveloppa. Je regardai, une dernière fois, la campagne qui n'avait pas changé, qui entourait la maison que je quittais pour toujours, et je repris ma route.

**Bécon-les-Bruyères** 9
**Le retour de l'enfant** 57

# COLLECTION FOLIO 2 €

*Dernières parutions*

| | |
|---|---|
| 4280. Flannery O'Connor | *Un heureux événement* suivi de *La Personne Déplacée* |
| 4281. Chantal Pelletier | *Intimités* et autres nouvelles |
| 4317. Anonyme | *Ma'rûf le savetier. Un conte des* Mille et Une Nuits |
| 4318. René Depestre | *L'œillet ensorcelé* et autres nouvelles |
| 4319. Henry James | *Le menteur* |
| 4320. Jack London | *La piste des soleils* et autres nouvelles |
| 4321. Jean-Bernard Pouy | *La mauvaise graine* et autres nouvelles |
| 4323. Bruno Schulz | *Le printemps* |
| 4324. Qian Zhongshu | *Pensée fidèle* suivi d'*Inspiration* |
| 4325. Marcel Proust | *L'affaire Lemoine* |
| 4326. Ji Yun | *Des nouvelles de l'au-delà* |
| 4387. Boileau-Narcejac | *Au bois dormant* |
| 4388. Albert Camus | *L'été* |
| 4389. Philip K. Dick | *Ce que disent les morts* |
| 4390. Alexandre Dumas | *La Dame pâle* |
| 4391. Herman Melville | *Les Encantadas, ou Îles Enchantées* |
| 4392. Pidansat de Mairobert | *Confession d'une jeune fille* |
| 4393. Wang Chong | *De la mort* |
| 4394. Marguerite Yourcenar | *Le Coup de Grâce* |
| 4395. Nicolas Gogol | *Une terrible vengeance* |
| 4396. Jane Austen | *Lady Susan* |
| 4441. Honoré de Balzac | *Les dangers de l'inconduite* |
| 4442. Collectif | *1, 2, 3... bonheur ! Le bonheur en littérature* |
| 4443. James Crumley | *Tout le monde peut écrire une chanson triste* et autres nouvelles |
| 4444. Fumio Niwa | *L'âge des méchancetés* |
| 4445. William Golding | *L'envoyé extraordinaire* |
| 4446. Pierre Loti | *Les trois dames de la Kasbah* suivi de *Suleïma* |

| | | |
|---|---|---|
| 4448. | Jean Rhys | *À septembre, Petronella* suivi de *Qu'ils appellent ça du jazz* |
| 4449. | Gertrude Stein | *La brave Anna* |
| 4450. | Voltaire | *Le Monde comme il va* et autres contes |
| 4482. | Régine Detambel | *Petit éloge de la peau* |
| 4483. | Caryl Férey | *Petit éloge de l'excès* |
| 4484. | Jean-Marie Laclavetine | *Petit éloge du temps présent* |
| 4485. | Richard Millet | *Petit éloge d'un solitaire* |
| 4486. | Boualem Sansal | *Petit éloge de la mémoire* |
| 4518. | Renée Vivien | *La Dame à la louve* |
| 4519. | Madame Campan | *Mémoires sur la vie privée de Marie-Antoinette* (extraits) |
| 4520. | Madame de Genlis | *La Femme auteur* |
| 4521. | Elsa Triolet | *Les Amants d'Avignon* |
| 4522. | George Sand | *Pauline* |
| 4549. | Amaru | *La Centurie. Poèmes amoureux de l'Inde ancienne* |
| 4550. | Collectif | *«Mon cher papa…» Des écrivains et leur père* |
| 4551. | Joris-Karl Huysmans | *Sac au dos* suivi de *À vau l'eau* |
| 4553. | Valery Larbaud | *Mon plus secret conseil…* |
| 4554. | Henry Miller | *Lire aux cabinets* précédé d'*Ils étaient vivants et ils m'ont parlé* |
| 4555. | Alfred de Musset | *Emmeline* suivi de *Croisilles* |
| 4556. | Irène Némirovsky | *Ida* suivi de *La comédie bourgeoise* |
| 4557. | Rainer Maria Rilke | *Au fil de la vie. Nouvelles et esquisses* |
| 4558. | Edgar Allan Poe | *Petite discussion avec une momie* et autres histoires extraordinaires |
| 4596. | Michel Embareck | *Le temps des citrons* |
| 4597. | David Shahar | *La moustache du pape* et autres nouvelles |
| 4598. | Mark Twain | *Un majestueux fossile littéraire* et autres nouvelles |
| 4618. | Stéphane Audeguy | *Petit éloge de la douceur* |
| 4619. | Éric Fottorino | *Petit éloge de la bicyclette* |
| 4620. | Valentine Goby | *Petit éloge des grandes villes* |
| 4621. | Gaëlle Obiégly | *Petit éloge de la jalousie* |

| | |
|---|---|
| 4622. Pierre Pelot | *Petit éloge de l'enfance* |
| 4639. Benjamin Constant | *Le Cahier rouge* |
| 4640. Carlos Fuentes | *La Desdichada* |
| 4641. Richard Wright | *L'homme qui a vu l'inondation* suivi de *Là-bas, près de la rivière* |
| 4666. Collectif | *Le pavillon des Parfums-Réunis et autres nouvelles chinoises des Ming* |
| 4667. Thomas Day | *L'automate de Nuremberg* |
| 4668. Lafcadio Hearn | *Ma première journée en Orient* suivi de *Kizuki, le sanctuaire le plus ancien du Japon* |
| 4669. Simone de Beauvoir | *La Femme indépendante* |
| 4670. Rudyard Kipling | *Une vie gaspillée et autres nouvelles* |
| 4671. D. H. Lawrence | *L'épine dans la chair et autres nouvelles* |
| 4672. Luigi Pirandello | *Eau amère et autres nouvelles* |
| 4673. Jules Verne | *Les révoltés de la Bounty* suivi de *Maître Zacharius* |
| 4674. Anne Wiazemsky | *L'île* |
| 4708. Isabelle de Charrière | *Sir Walter Finch et son fils William* |
| 4709. Madame d'Aulnoy | *La Princesse Belle Étoile et le prince Chéri* |
| 4710. Isabelle Eberhardt | *Amours nomades. Nouvelles choisies* |
| 4711. Flora Tristan | *Promenades dans Londres* (extraits) |
| 4737. Joseph Conrad | *Le retour* |
| 4738. Roald Dahl | *Le chien de Claude* |
| 4739. Fédor Dostoïevski | *La femme d'un autre et le mari sous le lit. Une aventure peu ordinaire* |
| 4740. Ernest Hemingway | *La capitale du monde* suivi de *L'heure triomphale de Francis Macomber* |
| 4741. H. P. Lovecraft | *Celui qui chuchotait dans les ténèbres* |
| 4742. Gérard de Nerval | *Pandora et autres nouvelles* |
| 4743. Juan Carlos Onetti | *À une tombe anonyme* |
| 4744. Robert Louis Stevenson | *La chaussée des Merry Men* |
| 4745. Henry David Thoreau | *«Je vivais seul dans les bois»* |
| 4746. Michel Tournier | *L'aire du Muguet* précédé de *La jeune fille et la mort* |

| | | |
|---|---|---|
| 4781. | Collectif | *Sur le zinc. Au café avec les écrivains* |
| 4782. | Francis Scott Fitzgerald | *L'étrange histoire de Benjamin Button* suivi de *La lie du bonheur* |
| 4783. | Lao She | *Le nouvel inspecteur* suivi de *Le croissant de lune* |
| 4784. | Guy de Maupassant | *Apparition* et autres contes de l'étrange |
| 4785. | D. A. F. de Sade | *Eugénie de Franval. Nouvelle tragique* |
| 4786. | Patrick Amine | *Petit éloge de la colère* |
| 4787. | Élisabeth Barillé | *Petit éloge du sensible* |
| 4788. | Didier Daeninckx | *Petit éloge des faits divers* |
| 4789. | Nathalie Kuperman | *Petit éloge de la haine* |
| 4790. | Marcel Proust | *La fin de la jalousie* et autres nouvelles |
| 4839. | Julian Barnes | *À jamais* et autres nouvelles |
| 4840. | John Cheever | *Une Américaine instruite* précédé d'*Adieu, mon frère* |
| 4841. | Collectif | *« Que je vous aime, que je t'aime ! » Les plus belles déclarations d'amour* |
| 4842. | André Gide | *Souvenirs de la cour d'assises* |
| 4843. | Jean Giono | *Notes sur l'affaire Dominici* suivi d'*Essai sur le caractère des personnages* |
| 4844. | Jean de La Fontaine | *Comment l'esprit vient aux filles* et autres contes libertins |
| 4845. | Yukio Mishima | *Papillon* suivi de *La lionne* |
| 4846. | John Steinbeck | *Le meurtre* et autres nouvelles |
| 4847. | Anton Tchékhov | *Un royaume de femmes* suivi de *De l'amour* |
| 4848. | Voltaire | *L'Affaire du chevalier de La Barre* précédé de *L'Affaire Lally* |
| 4875. | Marie d'Agoult | *Premières années (1806-1827)* |
| 4876. | Madame de Lafayette | *Histoire de la princesse de Montpensier* et autres nouvelles |
| 4877. | Madame Riccoboni | *Histoire de M. le marquis de Cressy* |
| 4878. | Madame de Sévigné | *« Je vous écris tous les jours... » Premières lettres à sa fille* |
| 4879. | Madame de Staël | *Trois nouvelles* |
| 4911. | Karen Blixen | *Saison à Copenhague* |

| | |
|---|---|
| 4912. Julio Cortázar | *La porte condamnée* et autres nouvelles fantastiques |
| 4913. Mircea Eliade | *Incognito à Buchenwald...* précédé d'*Adieu !...* |
| 4914. Romain Gary | *Les trésors de la mer Rouge* |
| 4915. Aldous Huxley | *Le jeune Archimède* précédé de *Les Claxton* |
| 4916. Régis Jauffret | *Ce que c'est que l'amour* et autres micro-fictions |
| 4917. Joseph Kessel | *Une balle perdue* |
| 4919. Junichirô Tanizaki | *Le pont flottant des songes* |
| 4920. Oscar Wilde | *Le portrait de Mr. W. H.* |
| 4953. Eva Almassy | *Petit éloge des petites filles* |
| 4954. Franz Bartelt | *Petit éloge de la vie de tous les jours* |
| 4955. Roger Caillois | *Noé* et autres textes |
| 4956. Casanova | *Madame F.* suivi d'*Henriette* |
| 4957. Henry James | *De Grey, histoire romantique* |
| 4958. Patrick Kéchichian | *Petit éloge du catholicisme* |
| 4959. Michel Lermontov | *La princesse Ligovskoï* |
| 4960. Pierre Péju | *L'idiot de Shanghai* et autres nouvelles |
| 4961. Brina Svit | *Petit éloge de la rupture* |
| 4962. John Updike | *Publicité* et autres nouvelles |
| 5010. Anonyme | *Le Petit-Fils d'Hercule. Un roman libertin* |
| 5011. Marcel Aymé | *La bonne peinture* |
| 5012. Mikhaïl Boulgakov | *J'ai tué* et autres récits |
| 5013. Arthur Conan Doyle | *L'interprète grec* et autres aventures de Sherlock Holmes |
| 5014. Frank Conroy | *Le cas mystérieux de R.* et autres nouvelles |
| 5015. Arthur Conan Doyle | *Une affaire d'identité* et autres aventures de Sherlock Holmes |
| 5016. Cesare Pavese | *Histoire secrète* et autres nouvelles |
| 5017. Graham Swift | *Le sérail* et autres nouvelles |
| 5018. Rabindranath Tagore | *Aux bords du Gange* et autres nouvelles |
| 5019. Émile Zola | *Pour une nuit d'amour* suivi de *L'Inondation* |

| | |
|---|---|
| 5060. Anonyme | *L'œil du serpent. Contes folkloriques japonais* |
| 5061. Federico García Lorca | *Romancero gitan* suivi de *Chant funèbre pour Ignacio Sanchez Mejias* |
| 5062. Ray Bradbury | *Le meilleur des mondes possibles* et autres nouvelles |
| 5063. Honoré de Balzac | *La Fausse Maîtresse* |
| 5064. Madame Roland | *Enfance* |
| 5065. Jean-Jacques Rousseau | *« En méditant sur les dispositions de mon âme... »* et autres *Rêveries* suivi de *Mon portrait* |
| 5066. Comtesse de Ségur | *Ourson* |
| 5067. Marguerite de Valois | *Mémoires 1569-1577* (extraits) |
| 5068. Madame de Villeneuve | *La Belle et la Bête* |
| 5069. Louise de Vilmorin | *Sainte-Unefois* |
| 5120. Hans Christian Andersen | *La Vierge des glaces* |
| 5121. Paul Bowles | *L'éducation de Malika* |
| 5122. Collectif | *Au pied du sapin. Contes de Noël* |
| 5123. Vincent Delecroix | *Petit éloge de l'ironie* |
| 5124. Philip K. Dick | *Petit déjeuner au crépuscule* et autres nouvelles |
| 5125. Jean-Baptiste Gendarme | *Petit éloge des voisins* |
| 5126. Bertrand Leclair | *Petit éloge de la paternité* |
| 5127. Alfred de Musset - George Sand | *« Ô mon George, ma belle maîtresse... » Lettres* |
| 5128. Grégoire Polet | *Petit éloge de la gourmandise* |
| 5129. Paul Verlaine | *L'Obsesseur* précédé d'*Histoires comme ça* |
| 5163. Ryûnosuke Akutagawa | *La vie d'un idiot* précédé d'*Engrenage* |
| 5164. Anonyme | *Saga d'Eiríkr le Rouge* suivi de *Saga des Groenlandais* |
| 5165. Antoine Bello | *Go Ganymède!* |
| 5166. Adelbert von Chamisso | *L'étrange histoire de Peter Schlemihl* |
| 5167. Collectif | *L'art du baiser. Les plus beaux baisers de la littérature* |
| 5168. Guy Goffette | *Les derniers planteurs de fumée* |

| | | |
|---|---|---|
| 5169. | H. P. Lovecraft | *L'horreur de Dunwich* |
| 5170. | Léon Tolstoï | *Le Diable* |
| 5184. | Alexandre Dumas | *La main droite du sire de Giac* et autres nouvelles |
| 5185. | Edith Wharton | *Le miroir* suivi de *Miss Mary Pask* |
| 5231. | Théophile Gautier | *La cafetière* et autres contes fantastiques |
| 5232. | Claire Messud | *Les Chasseurs* |
| 5233. | Dave Eggers | *Du haut de la montagne, une longue descente* |
| 5234. | Gustave Flaubert | *Un parfum à sentir ou Les Baladins* suivi de *Passion et vertu* |
| 5235. | Carlos Fuentes | *En bonne compagnie* suivi de *La chatte de ma mère* |
| 5236. | Ernest Hemingway | *Une drôle de traversée* |
| 5237. | Alona Kimhi | *Journal de Berlin* |
| 5238. | Lucrèce | *« L'esprit et l'âme se tiennent étroitement unis ». Livre III de De la nature* |
| 5239. | Kenzaburô Ôé | *Seventeen* |
| 5240. | P. G. Wodehouse | *Une partie mixte à trois* et autres nouvelles du green |
| 5290. | Jean-Jacques Bernard | *Petit éloge du cinéma d'aujourd'hui* |
| 5291. | Jean-Michel Delacomptée | *Petit éloge des amoureux du silence* |
| 5292. | Mathieu Terence | *Petit éloge de la joie* |
| 5293. | Vincent Wackenheim | *Petit éloge de la première fois* |
| 5294. | Richard Bausch | *Téléphone rose* et autres nouvelles |
| 5295. | Collectif | *Ne nous fâchons pas ! ou l'art de se disputer au théâtre* |
| 5296. | Robin Robertson | *Fiasco ! Des écrivains en scène* |
| 5297. | Miguel de Unamuno | *Des yeux pour voir* et autres contes |
| 5298. | Jules Verne | *Une fantaisie du Docteur Ox* |
| 5299. | Robert Charles Wilson | *YFL-500* suivi du *Mariage de la dryade* |
| 5347. | Honoré de Balzac | *Philosophie de la vie conjugale* |
| 5348. | Thomas De Quincey | *Le bras de la vengeance* |
| 5349. | Charles Dickens | *L'Embranchement de Mugby* |

| | | |
|---|---|---|
| 5351. | Marcus Malte | *Mon frère est parti ce matin...* |
| 5352. | Vladimir Nabokov | *Natacha* et autres nouvelles |
| 5353. | Arthur Conan Doyle | *Un scandale en Bohême* suivi d'*Étoile d'argent*. Deux aventures de Sherlock Holmes |
| 5354. | Jean Rouaud | *Préhistoires* |
| 5355. | Mario Soldati | *Le père des orphelins* |
| 5356. | Oscar Wilde | *Maximes* et autres textes |
| 5415. | Franz Bartelt | *Une sainte fille* et autres nouvelles |
| 5416. | Mikhaïl Boulgakov | *Morphine* |
| 5417. | Guillermo Cabrera Infante | *Coupable d'avoir dansé le cha-cha-cha* |
| 5418. | Collectif | *Jouons avec les mots. Jeux littéraires* |
| 5419. | Guy de Maupassant | *Contes au fil de l'eau* |
| 5420. | Thomas Hardy | *Les intrus de la Maison Haute* précédé d'un autre conte du Wessex |
| 5421. | Mohamed Kacimi | *La confession d'Abraham* |
| 5422. | Orhan Pamuk | *Mon père* et autres textes |
| 5423. | Jonathan Swift | *Modeste proposition* et autres textes |
| 5424. | Sylvain Tesson | *L'éternel retour* |
| 5462. | Lewis Carroll | *Misch-masch* et autres textes de jeunesse |
| 5463. | Collectif | *Un voyage érotique. Invitations à l'amour dans la littérature du monde entier* |
| 5465. | William Faulkner | *Coucher de soleil* et autres Croquis de La Nouvelle-Orléans |
| 5466. | Jack Kerouac | *Sur les origines d'une génération* suivi de *Le dernier mot* |
| 5467. | Liu Xinwu | *La Cendrillon du canal* suivi de *Poisson à face humaine* |
| 5468. | Patrick Pécherot | *Petit éloge des coins de rue* |
| 5469. | George Sand | *Le château de Pictordu* |
| 5471. | Martin Winckler | *Petit éloge des séries télé* |
| 5523. | E.M. Cioran | *Pensées étranglées* précédé du *Mauvais démiurge* |
| 5526. | Jacques Ellul | *« Je suis sincère avec moi-même »* et autres lieux communs |

| | |
|---|---|
| 5527. Liu An | *Du monde des hommes. De l'art de vivre parmi ses semblables* |
| 5528. Sénèque | *De la providence* suivi de *Lettres à Lucilius (lettres 71 à 74)* |
| 5530. Tchouang-tseu | *Joie suprême et autres textes* |
| 5531. Jacques de Voragine | *La Légende dorée. Vie et mort de saintes illustres* |
| 5532. Grimm | *Hänsel et Gretel et autres contes* |
| 5589. Saint Augustin | *L'Aventure de l'esprit et autres Confessions* |
| 5590. Anonyme | *Le brahmane et le pot de farine. Contes édifiants du* Pañcatantra |
| 5591. Simone Weil | *Pensées sans ordre concernant l'amour de Dieu et autres textes* |
| 5592. Xun zi | *Traité sur le Ciel et autres textes* |
| 5606. Collectif | *Un oui pour la vie ? Le mariage en littérature* |
| 5607. Éric Fottorino | *Petit éloge du Tour de France* |
| 5608. E. T. A. Hoffmann | *Ignace Denner* |
| 5609. Frédéric Martinez | *Petit éloge des vacances* |
| 5610. Sylvia Plath | *Dimanche chez les Minton et autres nouvelles* |
| 5611. Lucien | *« Sur des aventures que je n'ai pas eues ». Histoire véritable* |
| 5631. Boccace | *Le Décaméron. Première journée* |
| 5632. Isaac Babel | *Une soirée chez l'impératrice et autres récits* |
| 5633. Saul Bellow | *Un futur père et autres nouvelles* |
| 5634. Belinda Cannone | *Petit éloge du désir* |
| 5635. Collectif | *Faites vos jeux ! Les jeux en littérature* |
| 5636. Collectif | *Jouons encore avec les mots. Nouveaux jeux littéraires* |
| 5637. Denis Diderot | *Sur les femmes et autres textes* |
| 5638. Elsa Marpeau | *Petit éloge des brunes* |
| 5639. Edgar Allan Poe | *Le sphinx et autres contes* |
| 5640. Virginia Woolf | *Le quatuor à cordes et autres nouvelles* |
| 5714. Guillaume Apollinaire | *« Mon cher petit Lou ». Lettres à Lou* |

| | | |
|---|---|---|
| 5715. | Jorge Luis Borges | *Le Sud* et autres fictions |
| 5717. | Chamfort | *Maximes* suivi de *Pensées morales* |
| 5718. | Ariane Charton | *Petit éloge de l'héroïsme* |
| 5719. | Collectif | *Le goût du zen. Recueil de propos et d'anecdotes* |
| 5720. | Collectif | *À vos marques ! Nouvelles sportives* |
| 5721. | Olympe de Gouges | *« Femme, réveille-toi ! » Déclaration des droits de la femme et de la citoyenne et autres écrits* |
| 5722. | Tristan Garcia | *Le saut de Malmö* et autres nouvelles |
| 5723. | Silvina Ocampo | *La musique de la pluie* et autres nouvelles |
| 5758. | Anonyme | *Fioretti. Légendes de saint François d'Assise* |
| 5759. | Gandhi | *En guise d'autobiographie* |
| 5760. | Leonardo Sciascia | *La tante d'Amérique* |
| 5761. | Prosper Mérimée | *La perle de Tolède* et autres nouvelles |
| 5762. | Amos Oz | *Chanter* et autres nouvelles |
| 5794. | James Joyce | *Un petit nuage* et autres nouvelles |
| 5795. | Blaise Cendrars | *L'Amiral* |
| 5797. | Ueda Akinari | *La maison dans les roseaux* et autres contes |
| 5798. | Alexandre Pouchkine | *Le coup de pistolet* et autres récits de feu Ivan Pétrovitch Bielkine |
| 5818. | Mohammed Aïssaoui | *Petit éloge des souvenirs* |
| 5819. | Ingrid Astier | *Petit éloge de la nuit* |
| 5820. | Denis Grozdanovitch | *Petit éloge du temps comme il va* |
| 5821. | Akira Mizubayashi | *Petit éloge de l'errance* |
| 5835. | Francis Scott Fitzgerald | *Bernice se coiffe à la garçonne* précédé du *Pirate de la côte* |
| 5836. | Baltasar Gracian | *L'Art de vivre avec élégance. Cent maximes de* L'Homme de cour |
| 5837. | Montesquieu | *Plaisirs et bonheur* et autres *Pensées* |
| 5838. | Ihara Saikaku | *Histoire du tonnelier tombé amoureux* suivi d'*Histoire de Gengobei* |
| 5839. | Tang Zhen | *Des moyens de la sagesse* et autres textes |
| 5856. | Collectif | *C'est la fête ! La littérature en fêtes* |

5896. Collectif — *Transports amoureux. Nouvelles ferroviaires*
5897. Alain Damasio — *So phare away et autres nouvelles*
5898. Marc Dugain — *Les vitamines du soleil*
5899. Louis Charles Fougeret de Monbron — *Margot la ravaudeuse*
5900. Henry James — *Le fantôme locataire* précédé d'*Histoire singulière de quelques vieux habits*
5901. François Poullain de La Barre — *De l'égalité des deux sexes*
5902. Junichirô Tanizaki — *Le pied de Fumiko* précédé de *La complainte de la sirène*
5903. Ferdinand von Schirach — *Le hérisson et autres nouvelles*
5904. Oscar Wilde — *Le millionnaire modèle et autres contes*
5905. Stefan Zweig — *Découverte inopinée d'un vrai métier* suivi de *La vieille dette*
5935. Chimamanda Ngozi Adichie — *Nous sommes tous des féministes* suivi des *Marieuses*
5973. Collectif — *Pourquoi l'eau de mer est salée et autres contes de Corée*
5974. Honoré de Balzac — *Voyage de Paris à Java* suivi d'*Un drame au bord de la mer*
5975. Collectif — *Des mots et des lettres. Énigmes et jeux littéraires*
5976. Joseph Kessel — *Le paradis du Kilimandjaro et autres reportages*
5977. Jack London — *Une odyssée du Grand Nord* précédé du *Silence blanc*
5992. Pef — *Petit éloge de la lecture*
5994. Thierry Bourcy — *Petit éloge du petit déjeuner*
5995. Italo Calvino — *L'oncle aquatique et autres récits cosmicomics*
5996. Gérard de Nerval — *Le harem* suivi d'*Histoire du calife Hakem*
5997. Georges Simenon — *L'Étoile du Nord et autres enquêtes de Maigret*
5998. William Styron — *Marriott le marine*

| | | |
|---|---|---|
| 5999. | Anton Tchékhov | *Les groseilliers* et autres nouvelles |
| 6001. | P'ou Song-ling | *La femme à la veste verte. Contes extraordinaires du Pavillon du Loisir* |
| 6002. | H. G. Wells | *Le cambriolage d'Hammerpond Park* et autres nouvelles extravagantes |
| 6042. | Collectif | *Joyeux Noël ! Histoires à lire au pied du sapin* |
| 6083. | Anonyme | *Saga de Hávardr de l'Ísafjördr. Saga islandaise* |
| 6084. | René Barjavel | *Les enfants de l'ombre* et autres nouvelles |
| 6085. | Tonino Benacquista | *L'aboyeur* précédé de *L'origine des fonds* |
| 6086. | Karen Blixen | *Histoire du petit mousse* et autres contes d'hiver |
| 6087. | Truman Capote | *La guitare de diamants* et autres nouvelles |
| 6088. | Collectif | *L'art d'aimer. Les plus belles nuits d'amour de la littérature* |
| 6089. | Jean-Philippe Jaworski | *Comment Blandin fut perdu* précédé de *Montefellône. Deux récits du Vieux Royaume* |
| 6090. | D.A.F. de Sade | *L'Heureuse Feinte* et autres contes étranges |
| 6091. | Voltaire | *Le taureau blanc* et autres contes |
| 6111. | Mary Wollstonecraft | *Défense des droits des femmes* (extraits) |
| 6159. | Collectif | *Les mots pour le lire. Jeux littéraires* |
| 6160. | Théophile Gautier | *La Mille et Deuxième Nuit* et autres contes |
| 6161. | Roald Dahl | *À moi la vengeance S.A.R.L.* suivi de *Madame Bixby et le manteau du Colonel* |
| 6162. | Scholastique Mukasonga | *La vache du roi Musinga* et autres nouvelles rwandaises |
| 6163. | Mark Twain | *À quoi rêvent les garçons. Un apprenti pilote sur le Mississippi* |
| 6178. | Oscar Wilde | *Le Pêcheur et son Âme* et autres contes |
| 6179. | Nathacha Appanah | *Petit éloge des fantômes* |

| | |
|---|---|
| 6180. Arthur Conan Doyle | *La maison vide* précédé du *Dernier problème. Deux aventures de Sherlock Holmes* |
| 6181. Sylvain Tesson | *Le téléphérique* et autres nouvelles |
| 6182. Léon Tolstoï | *Le cheval* suivi d'*Albert* |
| 6183. Voisenon | *Le sultan Misapouf et la princesse Grisemine* |
| 6184. Stefan Zweig | *Était-ce lui ?* précédé d'*Un homme qu'on n'oublie pas* |
| 6210. Collectif | *Paris sera toujours une fête. Les plus grands auteurs célèbrent notre capitale* |
| 6211. André Malraux | *Malraux face aux jeunes. Mai 68, avant, après. Entretiens inédits* |
| 6241. Anton Tchékhov | *Les méfaits du tabac* et autres pièces en un acte |
| 6242. Marcel Proust | *Journées de lecture* |
| 6243. Franz Kafka | *Le Verdict – À la colonie pénitentiaire* |
| 6245. Joseph Conrad | *L'associé* |
| 6246. Jules Barbey d'Aurevilly | *La Vengeance d'une femme* précédé du *Dessous de cartes d'une partie de whist* |
| 6285. Jules Michelet | *Jeanne d'Arc* |
| 6286. Collectif | *Les écrivains engagent le débat. De Mirabeau à Malraux, 12 discours d'hommes de lettres à l'Assemblée nationale* |
| 6319. Emmanuel Bore | *Bécon-les-Bruyères* suivi du *Retour de l'enfant* |
| 6320. Dashiell Hammett | *Tulip* |
| 6321. Stendhal | *L'abbesse de Castro* |
| 6322. Marie-Catherine Hecquet | *Histoire d'une jeune fille sauvage trouvée dans les bois à l'âge de dix ans* |
| 6323. Gustave Flaubert | *Le Dictionnaire des idées reçues* |
| 6324. Francis Scott Fitzgerald | *Le réconciliateur* suivi de *Gretchen au bois dormant* |

*Composition Nord Compo*
*Impression Novoprint*
*à Barcelone, le 05 avril 2017*
*Dépôt légal : avril 2017*
ISBN 978-2-07-272303-2./Imprimé en Espagne.

315675